王晓峰作品

喜欢玉一定喜欢阳光

大连出版社
DALIAN PUBLISHING HOUSE

关于艺术、生命、玉器的笔记

序

耿 聆

这显然是一本能够调动你全新阅读体验的书，像一场期盼已久却等待机缘开启才肯与你相遇的约会。它泛着温润、安静、雅趣的光泽，不疾不徐地泊在岁月的某段特殊路口，悄然而欣悦地走进你的生活。没有足够的阅历和对艺术的主动趋附愿望，会与它擦肩而过却浑然不觉。

书稿存在我处有段日子了，却等到初一的夜晚才怀着践约的百感交集，在清冽、鞭炮依稀的新春序幕里，内心揣着恬淡的憧憬，和假期大把时光在握的从容，展开与书境匹配的阅读。而乱纷纷的平日，仓皇仓促的翻阅，会严重抵消这本书的价值，会浪费作者多年深切的生命植入与学养砌成的文本气场：渊博的叙述与轻灵的提纯。

读进去才知其深邃，这岂是一个夜晚、几个夜晚能胜任？虽然作者尽量以老友谈心式的行文叙述，但那些因无数次凝视、无数次心灵互动达成的默契与悟得，携带着生命最纯粹的感动，让这里的每一页、每一篇都厚实沉甸地包抄着你的知识与艺术库存，让你在心悦诚服的阅读中变成一块主动蓄水的干海绵。

还有，先清空所有的一知半解。

其中容纳的传统文化、相关常识、高人高论以及对于生活、人生、艺术的独到认知，在一件件天生玉质的引导下，喜闻乐见地覆盖你。

文学着文学着，晓峰不知何时，与玉结缘了。对此他没有交待，据一般经验，那一定是个值得咀嚼的故事。而和别人不同的是，一上手，晓峰就直抵沸点状态。多年来，他依靠眼见为实，完成了对玉的感官辨识，果断地把自己的身心整个交出去，不留余地，不留退路。而玉，也用温润无声的变化，陪伴着他、宽慰着他，令彼此终成生命中最重要的互相托付，这是人与物所能生成的最高境界了吧？所以在书中，他反复抨击“把玩”说，坚定地认为那是一种亵渎一种不可容忍的态度。“喜欢玉一定喜欢阳光”，是晓峰的玉境，更是他的人生态度。

俄罗斯诗人巴尔蒙特有首诗，头两句是：

我来到这世上 / 是为了认识太阳 / 和高天的蓝辉。

我来到这世上 / 是为了认识太阳 / 和群山的巍巍。

异曲同工的表达啊！不管在这没有回程的世间你相逢了什么，宿命给你安排了什么，每个人其实都可以找到能承载纯净梦想的心灵家园，从而拥有一种清爽、明丽的理想化生存。

晓峰之所以义无反顾地爱上玉，正是因为他找到了自己的精神组织。

他在书里表白过：无论走到哪里，都要有玉的相伴相随。茶品、紫砂、琥珀蜜蜡、瓷器、玛瑙、木件、核雕、水晶……随着年龄渐深，我自己也与这些容易寄存一腔岁月感怀、化解胸中块垒的雅玩狭路相逢了，但始终不敢触碰玉世界，它实在博大精深同时暗流涌动。而晓峰一头扎进玉中，并辟出了自己的蹊径！

这些东西，据我所知，大多是因缘际会的偶得，每一件都来历不凡，都充满着寻找者的惜福与爱慕。譬如《玉是有记忆的》，描述与一把岫玉青椒壶的结识过程：像是在豪华酒店里一个没人注意的老人，在雅致的音乐、华贵的服饰和美女美酒之中，默默地吃着一碗手擀面。这样的解读和拥有怎能不带来喜悦与充实的情怀呢？这，才是收藏的真谛！是人与物良性关系的回归！

更可贵的是，晓峰用一双文学淬炼出来的慧眼，在茫茫玉器中关注了那些具有极高灵性的、突破传统题材局限的、饱蘸着对东北黑土地理解和热爱的创新之作，并给出了一个文学评论家格式化之外的想象与赏析，赋予了这些作品另一次新生。像岫玉圆雕《东北老农》《母与子》，黄白老玉圆雕《呐喊》《自我》，火石青圆雕《背书包的孩子》《无赖》等，从就材取势的匠心，到开脸的传神；从造型的谐趣生动，到寓意的高邈深远，配上晓峰的画外音，别有洞天。即便是藏界不屑的岫玉花料，也在艺术创造者的魔力作用下，在晓峰的望眼欲穿下，价值倍增。对于岫岩玉雕艺术家卢伟们来说，巧夺天工的精雕，落进晓峰的“袋中”，属于明珠明投，创藏双方默契地达成了完美的、两情相悦的艺术嫁娶！

晓峰的寻找、赏析的研读过程，是一次次加宽加厚生命积累的愉快行进，而阅读这些文字同样是一种享受。本书三个章节涵盖了三种心路历程，换种分类法，可索引为“来历非凡”“缘来是你”“玉艺杂谈”，他既深入浅出地解析了玉文化的传统命题，让我们明了了马上封侯、刘海戏金蟾、桃、貔貅、福禄寿们吉祥的使命，更分享了自己的读玉心得：“在这精美里头，以端庄周正的立场与精神，以世俗情怀的话语方式，给生存与生命一种智慧与精神”；“五福中，乐善好施是最关键所在，德是福的原因、根本；福是德的结果和表现”；他把董桥形容罗振玉文字风格的关键词“醇厚、稳练”用来形容家中的玉壶，读来沁人心脾。

与晓峰的精神发现相比，此书中关于沁色、包浆，关于和田玉、青海玉、俄玉等常识随带，就是买一送一式的小馈赠了。

感谢王晓峰十几年生命时光的追随与无私分享，我们在图文并茂的暗香疏影式流连中，过滤了喧嚣与浮躁，稀释了物欲诱惑，在清澈的摩挲中，实现了宝贵的心静如水。这，何尝不是一次更开阔、更丰富的生命重返呢？

2013年2月10日

目录

第二章 

第三章

第一章

青玉曼生半瓦壶

青玉曼生半瓦壶的暗喻

这壶我叫青玉半瓦壶。

很纯粹的一把玉壶。

其钮，是一个半瓦形状；其盖，是个半瓦形状；其身，还是个半瓦形状。

很漂亮不是？

更主要的是整个壶面，抛光平整精细，如镜子一样，如绸缎一般，像果冻一样。不经意轻轻触碰一下，便会留下清晰的指纹。

它的略略弯曲的流以及煨成圆形的把，却成为具有好看的弧度的方柱；这柱形圆弧，和着整个壶体的半瓦弧度，成为一体，又有醒目的不同与别致。

它的线条清晰流畅，界面分明美妙，造型清新脱俗。富有现代形式感，又深载着中国传统文化的内涵。

从构思到工艺，这壶是当下玉壶制作的一个样本、典范。

精致到家了。

这壶也可叫青玉曼生半瓦壶。曼生即陈曼生，浙江钱塘（今杭州）人，生卒年为1768—1822年，即乾隆三十三年至道光二年。为“西泠八家”之一。善以自然、植物、器皿的变化入壶，设计出仿生式的紫砂壶，新颖明快，古雅可人。后人将他所设计的紫砂壶，称为“曼生壶”，并称他所设计的紫砂壶型为“曼生十八式”。其实，曼生绝不止十八种。

当年陈曼生为半瓦壶的题铭为“延年半瓦”，并曰：“合之则全，偕壶公以延年。”壶公，是中国古代传说中的神仙，说壶里有天有地，有日月，如世间，壶公在夜里便可跃入壶内睡觉。

生活总有不如意，人生总有残缺。陈曼生设计半瓦壶时，我猜测，是以此为思维基点，从而以神仙、以舒畅自由的生存状态赋之于半瓦壶。没有谁不希望自己能像神仙一样自由而快乐地生活着。

这也是青玉曼生半瓦壶的暗喻。

暗喻是一种修辞。

英国学者特雷·伊格尔顿在《二十世纪西方文学理论》一书里说过这样的话：将一个个字、一组组词组成一篇文章；这篇文章或成为文学，或成为书信、报告，或成为其他文字材料，最本质的区别在于修辞。我延伸说，修辞是文学艺术的本质，是文艺成为文艺的根本，也是文艺的方法，也是文艺的思维和精神，也是人类表达自己理想、希望的不可或缺的生活方式。

青玉壶因为陈曼生的修辞，而叫了青玉曼生半瓦壶；因为陈曼生的修辞，而有了意味深长的暗喻。

2010年11月19日

青玉仙桃提梁壶

把水倒进茶壶里

——青玉仙桃提梁壶

人类喝水方式的每次改变都具有革命性，都产生过对后世来说难以推测的重大影响。比如早先，人类似乎和动物们一样，趴在河边，撅着屁股，低头用舌头舔水喝——这实在不安全，头低下了，视野狭小（同时心胸也狭小了），周围到处暗藏着来自别的动物的杀机，生存的风险指数大大增加；后来人类肯定是站着用手捧水喝，再用工具（譬如水瓢）舀水喝。现在，人类喝自来水、瓶装水，还喝什么苏打水、弱碱水一类的。从喝“生”水，喝开水，喝茶水，发展到当下又去喝“生”水，说是回归自然。但其实这是循环，也是一种提高和上升。

是什么时候，是谁把水倒进水壶（进而倒进茶壶）里，开创人类喝水方式的新纪元？这也许是一个无法查证的问题，但并不妨碍我们去重估这种社会行为的意义与价值。

人类开始使用陶器的时候，就有壶的概念。福建蒲城有商代窑群，发现一土陶壶，有嘴有流有盖，还是一把高腰壶。有流，是让壶里的水可以集中注水，不至于浪费；有盖，大致是为了防止污染；至于高腰，则是贮水体量大一些。那时，青铜器、陶器里都有壶，大都无执、高腰，显然更主要的功用是贮水，后又贮酒，相当于水罐和酒罐。把水壶变成茶壶，应该在宋代，即中国人的喝茶方式由煮茶变为点茶。这时的茶壶，叫执壶（执为把儿也）、注子、注壶、汤瓶、偏提等等。唐时也有执壶，但那主要是酒具。到了明代，紫砂壶流行并成为雅玩，玉壶便开始进入玉器里名贵器物之列。宋时执壶（大都为瓷为陶）是实用器，明清时紫砂壶为实用、艺术兼具，而玉壶，则彻头彻尾成为艺术。

从陶壶、青铜壶、紫砂壶到玉壶，即从贮水、注水、品茶到无水的整个渐变历程，中国人把物质之水渐变成为有情有趣之水（茶水、酒水），最后是心中之水（无实体之水）。自有玉壶以来，很少有人把它作为喝水品茶之用，而是心灵上之实用器，“一片冰心在玉壶”即是也。如果把人的思维比拟成流动之水的话，那么心灵（中国古典哲学、医学里，心为思维之器）则像是玉壶，即以心灵承载着情思。这把仙桃提梁壶，高不过120mm，长宽不过75mm和50mm，小小的，却是一个富足吉祥的祈愿（1900年，紫砂艺人汪寅仙曾做过一把类似的紫砂壶）。壶体为桃形，三叉老桃枝为提梁，屈曲盘折，疤节可见；提梁两枝伸于壶身，在壶身两侧蔓生着桃子及桃叶。桃是中国民俗里福寿文化的传统意象之一，有长寿、富贵、平安之意。壶钮则是蜷伏的猴子，也在强调福寿之意，源出于“瑞猴献寿”之典。说居住在昆仑山上的群玉山、瑶池里的神仙王母娘娘，有一蟠桃园，由孙悟空为守护人。每年三月初三，王母的生日，便请各路神仙在此聚会，叫蟠桃盛会。吃了这蟠桃，便长寿不老。曾有过猴子监守自盗偷吃蟠桃的传说。珍爱这玉壶，是因它为中国传统福寿文化的一个典型意象，更因为它的玉质纯净，不带一点瑕疵，并在壶身、壶嘴略显糖色，并有“如意”“蝙蝠”浮雕，二者均为事事如意、洪福到来之意。还因为这壶的造型极其优雅、生动。看这壶，很容易联想起“完美”“舒服”的美学心境。这时，水成了一种虚拟的精神运动方式，在静静而潺潺地流淌着，滋养着心灵，滋养着对自己对生存的美好希望。

第一个把水倒进茶壶里的人，绝不会想到，他的小小的举动，让壶逐渐增加了文化内容，让中国文化开始了一个新的路径。

2009年6月16日

黄白老玉福窝壶

黄白老玉福窝壶赞

这玉壶我称之为：黄白老玉福窝壶。壶型为执壶。“福窝”是中国传统玉器的一个较为常见的造型，常以一个或多个窝瓜为范，来暗喻生活美满、生命健康。

这壶为比较纯正的黄色，玉质油润。上好的岫岩黄白老玉，比和田黄玉更有“油性”，更具色彩。

整个器形为带有缠枝的瓜梗的窝瓜，仿佛还生长在大地上；壶钮为一鸣蝉，伏于窝瓜梗叶之间。壶身有纵横的棱，形成窝瓜八瓣，以肖形窝瓜原状，亦暗合万千气象；另以浮雕的手法，将瓜叶及缠枝流布壶身。壶体平流而无足。钮、执、流、叶子处，均巧应天然糖色。

这福窝壶的尺寸为10cm × 7cm × 4.5cm。不大，也可以说小巧。小、巧常和美与爱联系在一起，使这小壶具备了可人的要素。

这壶美在色彩，美在造型，美在刀工，亦美在万千气度、意味深长。

喜之因玉色纯正，巧雕糖色。造型精美大度，气度非常。为精工细作，艺术感极强。

喜之还因其造型取自自然，源于大地，为大地生命盎然之象征。窝瓜为大地生物，一年一度为生命周期，但壶之蝉，让人很难判明其为生命何时。而蝉之伏于梗叶之间，似在鸣啼，于是整个瓜壶便有了生命与运动的质感。

喜之还因其为“福窝”。传统而古老的暗喻，生命之福，生活之福，子孙万代之福。中国人的福文化，涵盖哲学、自然、社会，也就包括人生之道、人生之乐。在哲学，这是一种有大眼光大境界的人生理念，内含关系和谐、眼光长远，既不计较一时一地得失，更在于长远规划与目光。在自然，是与土地（现在可说大地、诗意、诗性大地）的关系，与上天关系，与自然万物关系，敬畏、爱惜它们，才能有福。在社会，特别在家庭，和谐即为有福，包括邻里乡亲相处之道，比如好善乐施；还有多子多福——长辈的永远恳恳切切、任劳任怨地为子孙积累家业而“有福”。

福是一种精神，一种心态，一种祈愿，一种为现实务实的生活方式，还是一种善为他人特别为子孙后代打算的美好祝福。

壶身一静一动，动者蝉，静者瓜；一浓一淡，浓者糖色，淡者黄白本色；一平一高，平者平流、平执，高者为高高耸立于壶体、壶钮之上的鸣蝉。都是暗合阴阳之道，即和谐共生之道。

哪一篇文学文章，能有如此丰富、深刻，气象万千，形象而生动的内涵！

言说永远存在着局限！

玛瑙大壶

完美的玛瑙大壶

这把玛瑙壶，一看就知道不是苏州的制作（苏州工），也不会产自于北京和上海（北京工、上海工），与南阳的制作（河南工）也有相当的距离，亦与现在翡翠行业新兴的“瑞丽工”不搭界。这壶只能产在东北，产在东北的阜新。不仅仅是因为它的体形硕大（几千克的分量），不仅仅因为它的构思造型制作工艺较为粗粝，也不仅仅因为它的用料不怎么考究。

但我自己非常喜欢这壶。带回家后还是欣喜万分。

理由如下。

首先，这是现在阜新玛瑙市场颇具有代表性的玛瑙玉料，出自朝阳市的北票市，一种带有咖啡色的石质与透明近乎玻璃感觉的玛瑙混合体。市场上常见。这壶身一处有“开窗”，在壶口与壶身的对接处，保留一处原生态的玉质，不做雕刻及抛光，显现出原石模样，让人看清玉料的本色。这也是一种极为巧妙的构思。

其次，这壶以松树的一节树干为原型，壶身、壶盖、壶嘴均以老树干、老虬枝、老疤节为造型，树干的沟壑，开裂的老松树皮，树干上的疤节的突起，以及星星点点的针状松叶，都十分写实，都让人喜悦、兴奋，也让人感觉岁月的沧桑和苦涩。在历经了久长的岁月的淘洗和磨难，这样的苍老、粗糙，愈发显出生命的坚韧与顽强。

松树为中国历代文人所珍视，经常入诗、入画、入玉，象征岁月不老、生命不老，象征高洁的心灵、不屈的斗志和恒久的奋争……这类生命、人生所必备的品质与精神，一齐凝聚于这把大壶。这和东北厚重的地形地貌（高山大河、大平原、原始森林），东北严酷的自然气候（酷寒严暑、大风大雪）等艰苦的生存环境有必然联系。在这种环境里的生存与发展，没有坚忍的生活态度，没有吃苦耐劳的精神，没有高贵纯洁的品质（比如善良无私），是很难很难的。这也是我喜欢这壶的第三个理由，象征着东北文化精神。这玛瑙大壶在此实用价值便退隐其后，象征、暗喻成为它的首要。

这壶也只有东北人才能做出来的：大气，硬朗，直接，坦荡，具有男子汉的气度和心胸，具有一种质朴的大度的美学品格。

这玉壶好吧?

这大壶的“工”，相对而言就有点不拘小节了，换句话说，有点糙了。比如壶肩上，有几条年轮的线条，粗细不均，像是随意的涂抹，而没有南方的精心与精制。再比如壶口与壶盖，因为没有雕刻得严丝合缝，盖壶时需要试探着扭转，才可盖严。还有用料上，如果把透明的玛瑙与不透明的咖啡色玉料有一个“巧雕”处理，感觉会更舒服一些。但这些都不是什么大问题，只需稍有点耐心、细心就可完美起来。

这个世界，真的存在完美吗?

2012年10月12日下午

玛瑙松鼠壶

绝响的玉壶

——玛瑙松鼠壶

那个下午，阜新市区还笼罩在不大不小的烟雨之中，街道上人影稀疏，只少许汽车，像有急事要办，转眼就从我的眼前消失了。唯街心广场，一巨型玛瑙原石，默默地守候着什么，样子和普通的山石几无二致，不见玛瑙剔透晶莹的味道，仿佛故意披着皱皱巴巴的工装。阜新是目前玛瑙原石及制成品最大的集散地，它的规模及玛瑙成品层次的高下，应该说直接影响我国玛瑙的工艺水平。“杨记玛瑙”超大的厂区在烟雨里也有些静寂。谢阿妮说：过节了，工人都放假了。厂区里一堆堆石头，大大小小的，山一样的；厂房里一排排很长很长的用于琢磨玉器的操作台，像现代化工厂的流水线。曾经是石头一样的玛瑙原石，一经这里，便大都成了艺术的绝响。玉器制作，从过去到现在，多为作坊似的生产。能以这样现代化的方式生产、管理及经营玉器，可能是我国玉器行业的一个通途。

谢阿妮又打开了一扇门。感觉这房间和厂区里的产品展示不一样。这里是中国工艺美术大师杨克全的玛瑙玉雕作品，许多许多。克全大师有许多我觉得是绝响的艺术精品，比如《化蝶》。我曾在河南建议一玉雕大师：作品别急于出手，慢慢积累起来，做一个集中的展示。谢阿妮也说：

这里的，都准备留着收藏。见到这些美轮美奂的玉雕精品，我想，这个世界上，也许只有我才有这眼缘，这福分。还有个一对人物玉雕作品，刻画的是二人转的一副架，那形体、动作，甚至神色，喜欢得不得了，但凭我工薪阶层的收入，就像奢望买房子一样的。这些密藏起来的玉雕作品未来命运如何，谢阿妮笑着并没说什么。

她有一串长长的精美的菩提子珠子，圆润可人。

以上是几年前的一个记忆。

近日又去阜新。也在谢阿妮的店里，见到这把玉壶：玛瑙松鼠壶。用精美、晶莹剔透来说它并不过分。只一搭眼，我便喜欢上了。即使在不太明亮的光线里（品玉需有明亮的自然光线），它依然像是在闪闪发光。这壶的原石是一块巴西玛瑙。整个器形为松树的枝干，苍老，遒劲；壶底无足；壶肩平整，有一圈圈年轮；壶钮为一松鼠，大大的眼睛张望着，愈看愈可爱；壶流及壶执均为松树的老枝。这壶的色彩，感觉像纯净的茶晶，还像渐变的普洱茶汤。从壶钮开始，先是普洱的后几道汤，鲜亮而淡淡的红；至于壶腰渐次变浓变红，像普洱的头几道汤；至于壶底，则沉稳于浓浓的红。很漂亮的色彩，天然而又自然。

壶执之下，有杨克全大师的常用题款：“克全”。因此这壶也可以说是玛瑙大师壶，或者说，叫克全玛瑙大师壶。

这壶吉祥。相对于它，心静如水，像静静地喝普洱一样。这心境，或说这境界，是人生的必需。因此说，这壶带来的，真的是欣喜，是福分。在历经了岁月的苍老之后，面对这壶的平静，面对可爱调皮的小松鼠，什么都是其次其余了。《茗壶图录》里说欣赏紫砂：“知理、知趣，是为上乘”，其实也是在说人生。

杨克全与谢阿妮，夫妻也。

2011年6月29日

玛瑙龙壶

“老味”
——玛瑙龙壶

前几天，白云书院的海鹏先生送我一瓶上海的“友谊”牌雪花膏。绿色铁盖，瓶口腊封，乳白色的玻璃瓶。外有简单的厚纸壳制成的方盒以“精装”。让我惊喜、惊奇。这是“老味”。小时侯我极为熟悉因而极为亲切的味道。回忆里，母亲，似乎全国城乡所有的女性，多有这样的味道。特别是在早晨。在每个人的身上，在大街上，这味道和当时的清晨，和女性，和美好，和青春，相伴而行。当下是一个“超模”年代，以前的“模特”已经过时，而恶狠狠地成为超级名模了，委婉的香水也被称之“毒药”了。但这个原为生活里最受欢迎和喜爱的“老味”，还是“精装”，至此却显得那么朴实，味道那么单纯。

味道其实有两种，一种是某物体散发出的味道，“物态化”的，实际存在的；另一类，则是这物体，所被接受的所被感知和想象的特有的感觉、知觉，纯粹的精神上、心理上、感情上的。这把玛瑙龙壶，就是很有味道，另一种味道。

这壶的味道在于：一上眼就是一把精于构思创意、精工细作的玉壶。

龙头或壶嘴，龙尾或壶把儿，龙身为壶身，整个玉壶是以龙为造型的。壶钮则为龙的儿子螭虎回头望月的造型，在红色的螭虎回首的瞬间，红色的浪花溅起，托起了一轮黄白色月亮（这是一块小小的皮子，黄白色的）。皮子是黄白色的，螭虎和浪花是红色的，而壶身主体是灰白色的。

这把壶，也是巧作、巧雕的杰作，有一种大气的“俏色”味道。俏色工艺是中国玉器常用的艺术表现手段。将玉料的色彩、特征巧妙地利用起来，成就了玉器本身的艺术特征。比如有一翡翠原料，内中散布大量的墨点（玉器行业里称之为“脏”）。有人便将此料雕成梅花鹿，而让那些墨点成为鹿身的梅花。这玛瑙龙壶的“俏”，也是巧用了原料的红白色的纹理：将之成为从龙首（壶嘴）通过壶底而至壶把儿的中轴，增加了壶的构思与造型上的动感与韵律。

造型巧雕，打磨工整，突出了龙的威严和美丽，也突出了龙的儿子螭虎的回头望月（多有诗意啊），使这壶，成为中国玉雕大师杨克全的新作，一款充满艺术气质的玉壶代表作。

更何况，那龙的造型与精神，即味道，大气、刚毅、威严，和螭虎（壶钮上的）的活泼调皮，有一个鲜明的对比。螭虎是龙的未成年的儿子，“龙生九子，未成龙”之一，老意里也是勇猛且祥瑞的意味，能嫉恶如仇，亦充满了人文情怀，“回头望月”即是也。

这样的“老味”，似乎距我们渐行渐远了。

2012年8月14日早晨

黑犬回头望月糖料小玉壶

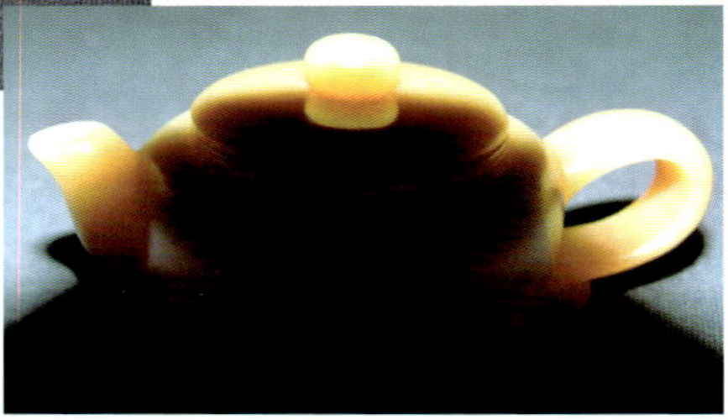

美之石者美之壶

——黑犬回头望月糖料小玉壶

近几年，有关玉石价格大幅度上扬的新闻、传闻、谣言和物价上涨、传销、矿难、车祸、洪灾旱灾、楼市、食品安全、核污染、油污染……搅在一起，成为一种言说的事实（言说是不是一种虚构）。在国内几个重要的玉石集散地如岫岩、阜新（以玛瑙为主）、河南镇平、云南和广州（以翡翠为主）、新疆（以所谓的和田玉为主），我的确感觉到玉的价格似乎在成倍成倍地上扬。有一种说法是，玉价的上扬和原料的稀缺有关。但我不信。我想就是现在，玉料也未必像传言的那样矿藏枯竭，比如，岫玉除了在原产地岫岩之外，还在辽阳、大石桥、瓦房店等地有所发现。再比如，和田玉的原产地在新疆和田，特别是在白玉和墨玉两条河流的河床里。据地质专家说，这两条河历史上曾有几次大的改道，那么古河床在哪里？是否有新的矿脉？谁也说不清楚。当来自俄罗斯贝尔加湖一带的“俄料”，以及韩国青川玉、加拿大碧玉（现在市场里常见的据说是加拿大碧玉制成的平安扣及手链、牌子等，有的是用碧绿啤酒瓶子碾碎后合成的）装满一个个集装箱上了火车、搭乘轮船到了中国以后，经常被称为“和田玉”的时候，我就在想，本是尊贵、圣洁的玉石，至此享有尊贵的价格，却失去了传统的圣洁。这样的现实信不信由你，反正我信。

当下的和田玉，总体上没有往日的风采，却常常为青海玉、俄料、韩玉、加拿大碧玉等所替代。还有的人，甚至用阿富汗和巴基斯坦大理石，来冒充和田玉。和田玉鉴定的国家标准，就规定玉石不以产地来命名，这意味着岫玉可以不产生在岫岩，和田玉未必一定产生在和田。说眼前这把小玉壶是和田玉，不违规不犯法，但其实它是俄料里的糖料所制。小壶高约4 cm，宽约5 cm，最长处不过9 cm，很小很小的。

这小壶的一侧俏色出黑皮一块，形状酷似尾巴高扬、回头望月的小狗。色彩看起来真的让人心动、心疼：有黑色，主体是褐黄色，还有点红——这个红，在灯光下便更显柔和。从造型上看，这壶是一把普通而规矩的执壶，家常而又大气。特别是它的一弯壶把儿儿，自然而弯，底下又有一小弯，像人的耳垂，生动而不呆板。壶的短促的小嘴自然上翘，可亲可爱。这把壶未经抛光，俗称磨地子（现在镇平市场里的独山玉器，常见磨地子），因而显得含而不露，有谦谦君子风范。糖料色彩纯正，器形自然可人，那一处黑皮，为小壶增添了活泼的动感和韵律。

铁定的一把好壶。可以说它尊贵，还可以说它圣洁。

用的是压盖的方式，用的是三弯嘴的方式，用的是加底（一个薄薄的小小的壶底）的方式，用的是执柄的方式，用的是上肩内收、下腹内敛的方式，用的是圆腹似鼓似柱、鼓而不胀的方式，很生动很漂亮不是。

用它去喝水、喝茶、喝酒，都不合适。它太小巧了，用之一则不便，二则也有世俗污染之嫌。只需它静静地站在你的书架、书桌和书房里，或者在床头上，陪着你寂寞而无聊的生命时光。人的生命里，该有许多“无用”的东西来陪伴，这时的时光，因它们的存在而充实，而美好，而平静。

其实我自己对玉的理解，相袭于《说文解字》的“石之美者”，故不介意和田还是岫岩，不介意俄料还是韩料……只要是美丽的石头！但我绝不喜欢把岫玉说成是和田玉，也不喜欢把俄料、韩料、青海料统统说成是和田料，不喜欢把沦落说成是尊贵，不喜欢把谎言说成是事实。

2011年8月21日

独玉三多壶

这也是“中国经验”

——独玉三多壶

独山玉是我国传统四大玉种之一，又说为南阳玉。我喜欢称之为独玉。两个音节，读起来音调内敛，谦谦可人。很难见到这样体量超大的独玉三多壶，长约30cm，高约15cm，宽约9cm。这壶的玉料是独玉里最有代表性的杂色玉：主色是绿翠，间或有乳白及褐灰。不要以为杂是个让人不舒服的字眼，就不看好杂色玉。杂色玉是独玉里色彩丰富、特色明显、味道醇厚的品种。这把大壶，就是不同色彩不同质地的独玉的集合，不是很漂亮吗?

冬日阳光里的这壶，绿翠满眼，乳白温馨，且灰褐通透，蜡光般的壶体水头足，透显着大气和肃穆，让我觉得它正在向我述说着什么。

佛手是这壶的主体造型。佛手为南方柑橘类水果，果实状如人手，像手指。传统的玉器制作经常把佛手末端状如人指部分雕琢成卷云纹的样子，或者像螭虎婉转的尾巴，很入眼也特别吉祥的一种造型。佛手的佛，谐音为福；佛手即为福手；至于其中有无宗教内涵，待查考。这壶的执柄，是沧桑遒劲的老桃枝，延伸壶上，成就一枚绿翠石榴和九枚绿翠桃子，其中三枚绿翠桃子，成为壶钮。执柄的桃子延伸到一侧壶面，成为两枚乳白小桃子。这些桃子都是寿桃，且大桃为九，吉祥了得。那枚开口露籽的石榴，因石榴的多籽，有榴开百子、百子同室之喻，即子孙繁衍、绵延不断。中国古代，常常把佛手、桃子和石榴并称为福寿子三多，多福多寿多子，是我们古老的人生祈愿。

这壶的料不错，寓意也好。坐在透过塑钢窗户的冬日暖洋洋的阳光里，与它对视一会儿，心便沉静下来。

三多是中国传统文化一个意象，里面有祥和、平安、健康、幸福等等美好的人生期望和祝福，是我们福寿文化的内核，也是我们中华民族的古典记忆，还是我们国家和民族中庸善良品质的一个体现。在当下世界语境里，许多学者提及了“中国经验”，即我们传统和现在的精神、方式，是与世界对话的基本。而在“中国经验”里，“乡土中国”是不能回避的。乡土、乡村、农村，是源远流长的中华文化、“中国经验”的源出与主体。问题是，这就意味着非当下，或说是过时和落后？我们究竟应该怎样去归纳和对待我们的经验和我们的古典记忆？我自己有时想，作为一种独特的别的国家和民族都没有的精神方式（比如中国古代哲学和中医）和生存方式，如果就是过时和落后，怎么会在数千年里源源不断直到今天呢。

这独玉三多壶，如果刀工再细腻一些，打磨再耐心一些，造型构图再多思一些，就是一把绝对精美的超大玉壶了。

2010年1月10日

青玉素壶

喜欢玉一定喜欢阳光

——青玉素壶

北方的冬天，阳光很珍贵。我家南向，也只在早上的两个多小时里，才有盈盈的阳光，洋洋的暖意溢满心间。唯此时，架上的玉壶才显出了真正的色彩，本来的色彩。曾在灯光下色彩朦胧的玉壶（老话不是一直说，灯下不观玉吗），至此缤纷亮相，本色显露无余。

玉也喜欢阳光。

开始不由官家交取暖费以后，家里的温度很难超过20度。因此早上这段时间里，阳光缕缕，甚至能在光线里看见浮起的纤纤微尘，感觉周身特别暖和。和架上的玉壶无言对视，一同接受着阳光的恩赐，心里便漾动着异样的温馨。

这便是最幸福的时候。

平时里，没有阳光的时候，包括在夜里的灯光下，架上的玉壶默默地坐着，无语无声，也收敛起了自己，包括色彩，包括水头，包括纹理，甚至它们的图形、器形、样式，像在雾蒙蒙之中。

但此刻，一切都变了。它们的色彩、构图……甚至神态、精神，都动了起来，活跃起来，仿佛有了轻歌曼舞，笑语喧哗。

比如，这款青玉素壶，平日里只见蒙蒙的碧青色，乱乱的，灯光下很难说清它的真正色彩。它是和田青玉壶，素壶，有几道深深的阴刻线缠绕执柄。素壶是自从有了玉壶以后最重要的器形，有各种造型，圆的、方的、椭圆、扁圆……素壶全身净素，不加纹饰。就在这样的素朴简洁之中，却蕴藏着无限风韵。这款青玉素壶，器形是球形的，从任何一个角度去看都是圆形的：壶口、壶身、壶盖、圆足的壶底，甚至整个执柄，都是正规的圆形，这在玉壶里头，比较少见。整个壶不大，双手握抚，恰好。做工也算精细。但部分点面，包括壶口，包括壶柄根部，抛光简单了，也露出了不精工的痕迹。尽管如此，它的小巧，平白朴素，它的圆乎乎的可爱，像一个小胖子，在早晨的阳光里，似乎一下子点燃了，点亮了。

它的碧青色如此纯净，它的水头如此饱满，它的质料几乎纯净无瑕。

阳光里的玉就如此明亮了。它的可爱之处，一些遗憾，都充分显现出来了。

和架上的玉壶，在阳光里无语地交流，心里洋溢着暖暖的潮水。真的要感谢阳光，感谢这阳光所带来的生命、生命的活力和生命的美感。

2006年12月7日凌晨—2007年2月26日

碧玉素壶

架上的生命

——碧玉素壶

每每空闲的时候，我喜欢坐在架上的玉器旁边，感受着宁静。这宁静像翠绿的山林下一泓墨绿的湖水，有一种沁入心田的澄明和安谧。

心静如水是人生难得的境界，是人生的美丽片刻。

这是架上的玉器所带来的。

这也是身边任何东西所无法给予的。

我坐在架上玉器的身边，感觉着是和朋友在一起，知心的、无话不说的朋友，一日不见便十分牵挂。

玉为“石之美者”。既然是石头，那么就是生命的实体。最近有消息说，法国的两位地理学家发现，石头是有生命体征的，有呼吸，也有心跳，还能移动。因此他们说，石头是活着的生命。玉又是美的石头，是石头的精华，是动态生命中美的天使。

既然是生命，它和自然界里的大树、小草、人类、动物……一样，都是生命的一种形式，是相互平等的。

和玉在一起，只能是对话，交流。用眼睛，用心灵。像好朋友那样。

而不是把玩。对玉器，过去和现在，在态度上，在方式上，都是把玩。把玩是主人对待下人的态度，是居高临下的，有点轻慢，有点亵玩。

我是和架上的朋友在一起，对视，对话，目光的交流，心灵的感应。它把它的美，从容、静谧、洁净、温和，把它丰富的色彩、美丽的内光，把它的形态、器形所凝固下来的美，一点点告诉了我。我们之间对话的主题，主要是生活的感觉，是怎样追求生活的大美、极美，是怎样完善自己的生命。这样的对视、对话、交流，不谈俗事，不谈烦事，都是有关生命的形而上的话题。每次交流，都会有新的发现，新的感悟。

这是很高的生命境界。

比如，这款不大的碧玉素壶，是我喜欢的玉壶之一。它碧色纯正，玉质湿润，水头充足，器形精美，做工精细，打磨平整，具有精巧玲珑的风韵。壶钮、壶盖、壶身、壶底、壶柄、壶嘴一气呵成、连接密致、天衣无缝、结构合度。且壶面平滑工整，中规中矩。壶身一侧有一圆形褐斑，似沁似皮，也使小壶静中有动。这是一款以圆形为主要结构的碧玉壶，所有的线条几乎都是圆弧线，包括没有壶足的壶底，也是一圈工整规矩的圆。

过去有多少人曾经和它是朋友，我无法知道了。壶嘴等处的起棱的地方，已经被摩挲得无比圆润了；壶身有着隐隐的包浆……这都在暗示我，它在长长的岁月里有着不平凡的故事。也正是它的美丽、乖巧，它的有些让人心疼的纯真、圆润，让它躲过了一次次战争、灾难而走到了今天，让它把逝去的岁月里人们所期盼的平和与美丽，捎给了现在，托付了我。

无言地感受着这样的平和与美丽，便格外珍惜这样平和与美丽的时光，便格外感激架上的生命。

2006年11月16日

白玉福壶

有一种与我们情思往还的艺术境地

——白玉福壶

睡梦里，还常常有这小壶。

壶为白玉质。玉壶表面呈“磨砂”状，即“磨地子”。

器形为长方体，比火柴盒稍大一点。制作这么大小的玉壶，显然不是为了实用，而是为了欣赏。执与钮，为斧钺造型；两侧壶身呈梯形，一方阴刻兰花，另一侧阴刻老枝梅花，兰花及梅花正怒放和含苞待放。这是两幅淡雅隽永的工笔画，清洁、精致而高雅。足为长方足。流、钮、执柄、壶身的几个梯形面以及长方足，比例协调而匀称。在玉器上作文人画，始于唐宋，明代玉牌片上多了起来，清时为盛。但这些画，大都为浅浮雕方式，以表现立体效果。真正在玉器地子上以线条作画，完全是专业画的形式，像这把小壶两侧壶面那样，是很少见，也能充分展示画本身的味道。

这壶的起初，一定有一种精致高雅的构思，一种成熟了的艺术追求。

那天，在古玩的地摊上，远远地，我就看见了它。尽管它很小，在那么多的真的假的大的小的玩意儿里，它真的是不显山不露水，但却风骨依然的样子，有点我行我素的感觉。我一眼就看着了它。很特别的器形，很特别的画纹，在阳光下素净而白。

因为有事，我匆匆走开，甚至没有上手品味。

回家后便有一种思念。想它在阳光下的那份从容、素净。那个晚上，几乎一夜未眠。想这小小的玉壶。

几天后在一家铺子里，看到了它。我再也不想离开它了。

宗白华在《天光云影》一书里说过："我们在新石器时代从我们的日常生活器皿制出玉器，作为我们政治上、社会上及精神人格上美丽的象征物……成了天地境界的象征。我们对最现实的器具，赋予崇高的意义、优美的形式，使它们不仅仅是我们役使的工具，而是可以同我们对语、同我们情思往还的艺术境地……使我们在日常现实生活中能充满玉的美。"① 这也是一个大美学家对我的这把小白玉壶的赞美，他未必特别知玉懂玉，但却懂得什么是美。

2006年12月26日凌晨

①宗白华的《天光云影》，北京大学出版社，2005年1月，1版。我异常喜欢和敬重宗白华的《美学散步》，这书展示了他对中国美学、中国艺术的独家而精湛见解。先生行文飘逸，文笔空灵。但我觉得《天光云影》的味道已经没有了一代美学大师在《美学散步》迷醉心灵的感觉。我自己的理解是，先生把对生活和生命的独到识见，把宇宙自然，内化到生命的每个细节，并且是审美的。

岫玉顺风壶

人生的大境界

——岫玉顺风壶

这是一款岫玉顺风壶。有点淡绿，还有点微黄。器形由大小两个葫芦构成：壶身为大葫芦下半部分，壶流为这大葫芦的上半部分；壶钮是一个带枝钮的实心小葫芦。提梁是两根缠绕在一起的葫芦藤：起点绕于壶流处，终于大葫芦底部，在壶身两侧分叉形成枝叶。这壶的创意在于，很巧妙地将壶执（葫芦藤）作为构思主线串连起两个葫芦。壶体通透晶莹，谈不上薄胎，但却有点薄胎的感觉。岫玉壶一般都是胎厚而敦实，很少给人小巧玲珑之感，或说，很少有灵动的美学意境。但这壶有点例外。

葫芦是中国传统文化的一个意象。在中华民族的古代传说里，葫芦和多子（意味着多福）联系在一起，葫芦为多籽植物，借喻子孙繁衍；又，葫芦藤蔓的“蔓”与“万”谐音，藤蔓缠绕，盘曲绵长，寓意万代久长。葫芦与人类有这样的关系，我觉得有两个方面的原因：一，葫芦本身相似于人的形象；二，传说中的葫芦是人类起源的一个重要象征，说是雷公拔牙齿种地，长出了葫芦，大洪水时葫芦成为人类远祖避难的工具。从这个意义上说，葫芦与人、人的命运（吉祥的顺风的）联系在一起。葫芦还是天地的微缩，内有灵气，可用擒妖捉怪。传说八仙过海时，乘坐的即为葫芦。又有，葫芦的“芦”字谐音“路”。故这款壶有“顺风壶”一说，即为人生旅途顺风一路、平安顺利。

这是一个吉祥而美好的隐喻。

稍有遗憾的是，由蛇纹石构成的岫玉，常有杂质，棉、云、黑色的斑点等。此壶偶见的黑斑，影响了美观，所幸黑斑较少较小。

这是岫玉常见的困惑。做大器物，磨琢可以稍稍粗糙一点，这些棉、云、绺及黑色“脏”点，倒也无大碍；如果往小里做，往精细上做，偶见棉、云、脏等，便显得格外扎眼。这壶也是一个例证。这脏，小如针尖，大才如小米粒，但在晶莹剔透之中，便有遗憾了。这样瑕瑜并存的状态，却得到了古人的赞美：玉的美德叫玉德，其中之一的曰“忠”，亦曰“精”。《管子》上说玉“瑕适皆见，精也”；孔子也说：“瑕不掩瑜，瑜不掩瑕，忠也。”都是说玉不可避免地要有瑕疵。在瑕与玉之间，玉是透彻光明的，不掩饰自己，瑕瑜甚至互相通达，互为包容。“精”与“忠”，古时概念相近，比如岳母的刺字“精忠报国”。玉的这种美德，即是把自己的优、缺点都坦诚忠实地表现出来，就是“忠”“精”。

既然为人，太完美的似不太可能，或多或少，都有缺陷、缺点，都可能犯错误。但这不该成为掩饰自己的借口，而应是以精、忠似的态度，来坦诚地不回避地面对自己和他人，也许这样，人生之路才能更通达顺畅，才能更顺路、顺风。

顺风壶就是这样告诉我的。

岫玉八楞小壶

小与大的哲学

——岫玉八楞小壶

大与小是两种审美范畴。大往往与勇敢、悲壮、粗壮、大气、英雄、天地、宇宙联系在一起，与大江东去联系在一起的。小意味着小巧、玲珑、乖巧，审美上是纤丽、秀美，是轻风细柳，是湖畔轻语。两种不同的美给人带来的是不同的艺术享受。生活当中，没有美的存在是不可以的，大美有大的味道，小美有小的感觉。但是，如果老是一种形态的单一的审美表达，极容易造成审美疲劳，这时美也就不美了。

玉行业里，体量小的玉料、玉件和体量大的玉料、玉件相比，不被重视。在我阅读到的某些玉的分类标准时，把特级、一级的玉料体量定得很高，比如几百斤。这可能和玉本身的商品属性有关。体量大的玉料，价格就高；反之，就低。这完全是一种商业意识。在中国的玉文化里，从古至今，玉和政治、和商业、和文化，有着密切的联系、关系。好东西，不能小；小了就不是好东西，就是这样的联系、关系所派生下来的观念。因此，在国家级的玉器里，已知最早的元代的《渎山大玉海》重达3500千克；乾隆时期的高达两米多的《大禹治水图》光原料就为5350千克；乾隆时期还有几个特大玉雕《会昌九老图》《秋山旅行图》都是高度在一米以上等等。这些大件玉雕，都是大的了不得，拿都拿不动，让人望而生畏。那么大的体量，假如给我了，我也不知往哪里放。谁能有那么大的家？而我自己，偏爱小巧的玉件。不能太大，适中的即可，看也舒服，拿起来也方便。有的时候，可能是性情、趣味的关系，我更偏爱一些小巧的玉件。这把玉壶，你说八角壶也行，说它是八卦壶也好。放在你的眼前，很舒服的。

尽管壶很小，膛掏得也不大，壶壁又特别厚实。但嘴流畅通，壶体打磨精细，特别是壶嘴，形体上翘，圆嘟嘟的，有一种灵动的感觉。此壶无圈足，壶钮也是圆形而不是方形。有一种敦实般憨态，有一种活跃调皮的灵动，胖嘟嘟的样子，让人忍俊不禁，让人想到了可爱的小胖子。面对着它，你的心一下子会放松开来。

这是一款岫玉壶。

因此说，大能带给你的和小能带给你的感觉绝对不一样。

青玉梅兰小壶

给你一个好心情

——青玉梅兰小壶

为这壶，我连续四个星期天，都去那个古玩市场。

就是喜欢这把小壶，第一次相遇，就喜欢上了。

这是一把青玉壶，小小的，且扁扁的。壶身一侧刻画了梅花，另一侧为兰花图，花都是正在绽放。梅与兰在中国传统文化意象中，都是高洁的象征。这梅、兰，画得很娴熟，有些功力。壶盖上的钮大了一点，与壶身、执、流比例稍显失调，但却把握方便（如果壶钮太小了，壶盖拿不起来），显然是故意为之。壶盖上留有印章。圆足，但却打磨得不太圆。这把很小的壶，什么都不缺，该有的都有，只是比一般玉壶小了好几圈。

这么个小东西，器形好，画又好，料也不错（偶有石花和水线），如果做工精致，那还不成精了嘛!

似乎是没有来由的喜欢，就是喜欢。喜欢本身也是一种审美的愉悦、享受。生活里，好多事情，好多人，很多的时候，你就是这样似乎没有来由的喜欢。

遭遇这壶时，心情就是这样。

其实，这把小壶也让我略有遗憾：器形线条有些“随意”了，地子还不是那么讲究，玉料还有着一道不太清晰的水线和浅浅的石花。但在我的眼里，如果这是缺憾的话，也是一种不怎么让人遗憾的缺点，是可以允许和可以原谅的。完美是不存在的，是相对的。过于苛刻地要求、追求，其实是很难很难的，人生亦如此。

听老玉工说，制作玉器时，如果心情不好，比如头一天受老婆的气了，最好别去做活，硬着头皮去做，也许就会失手。心情好，做的玉器也好。这把小壶，好多处都有明显的失手之处。

这是一把有缺点的个子很矮的玉壶，但看起来很可爱，因为它要告诉我的，是些很有道理的人生。

岫玉鲤鱼莲子壶

永远的祝福
——岫玉鲤鱼莲子壶

玉文化是中国传统文化的重要构成和重要表达。或者说，博大精深、源远流长的中国传统文化最好最恰当的形象而具体且审美化的载体，就是玉器。万千年来中国几乎所有的玉器，除了具有生活和生产的实用功能以外，都被赋予了相当的文化内涵，具有相当的审美特质。这样的文化内涵和审美特质，首先体现在玉料上。玉料的天然的色彩光泽、纹理、水头、密度、重量，以及玉料本身温润、儒雅、静谧的审美特性，都可能蕴藏着和阐释出中国人的古典生活观和哲学观。世界上任何一个民族，在表达思想和情感的艺术创造中，都没有像中国人这样，聪明而充分地利用和开发了艺术创作的材料（原料）本身固有的特点。比如在大理石上在青铜上塑造人物形象，总会让人有一种不灵动的缺乏生命质感的感觉，是冰冷的静止的没有生命迹象的作品。玉器不是。玉料本身的生命鲜活的特质，为玉器的艺术表达，创造了上好的契机。玉器的这种文化内涵和审美特质，还体现在加工工艺、构图、线条、器形等方面。通过这些人工的再造，而表达出特定的寓意。例如中国传统文化十分重视人际关系的调节，其主要理念是平和。许多学者在论及日常生活说话方式时，说中国人的说话特点是客套、委婉、不直截了当，爱说好听的话。但这样的说话方式是生活化的，是平实平和的，是很亲切的，也表达了发话人对受话者的关心和良好的祝福。

玉器就是在这样的传统文化的背景里生成了美好和吉祥的象征。无论是具有一定实用功能的生活用品，还是佩饰、把件和摆件，都蕴涵和寄托了对自己对他人的美好祝愿、祝福。这是中国传统文化平和理念的体现。从古至今所有的玉器，几乎没有那种暴力杀戮、战争流血、恶的丑的构图、造型和器形。因此，表达美好的祈愿和祝福，就成了玉器的一个永远的主题。这类主题在题材上，常常是这样：苹果、鹌鹑隐喻着平平安安；蝙蝠隐喻着福气来临；金蟾和白菜隐喻着发财等等。这类传统的主题和题材是过去和现在玉器市场上的主打，是玉器制作者和消费者的首选。我认为，玉器的主题、题材和器形上一直缺乏创新，是老话老说，一方面说明玉器行业的传统因袭太重，一方面也证明了，对中国传统文化的平和理念的普遍的认同。简白地说，说好话，说过年话，是中国人的一个习惯、习俗；而这样的传统，当下仍旧畅通无阻。

这把玉壶，就是一个明证。这是一把岫玉鲤鱼莲子壶。壶流是张着大嘴的鲤鱼，鲤鱼的两侧尾鳍，浮雕般地浪漫地张开在壶身，线条优美。壶执为一枝茎杆蜿蜒的莲子，生动而形象。鲤鱼的可爱、莲子的动感，以及薄胎的感觉，让这把执壶在构图上、在器形上有了些许的新意和精细。更重要的是，这壶寓意了中国传统文化里的最美好的祝福：富裕、平安和福祉深远。这样的实例，玉器里比比皆是。

没有谁会拒绝这样的美好愿望，过去、现在和将来都是如此。

2007年6月21日早晨

岫玉青椒壶

玉是有记忆的

——岫玉青椒壶

我是在一个秋天的傍晚，在一个古玩店铺里看见这把玉壶的。

一下子就喜欢上了。

在所有的玉器里头，这把岫玉壶就像是在豪华的酒店里一个没人注意的老人，在雅致的音乐、华贵的服饰和美女、美酒之中，默默地吃着一碗手擀面。

玉素来讲究高贵与高雅，讲究出身，还讲究身价。和田的，籽料的，羊脂白的……好像才是最好的玉料，好像唯此才配出入于高堂宫闱之中，才是大户人家、上流社会所专有的权利。这样常常让玉有一种圣洁的感觉，让人敬重和敬畏。

唯这壶，草根一样，寻常而平凡。

这是一款极具写真色彩的岫玉青椒壶。器形即为一枚青椒，大小、色彩都是。一看就是青椒。像刚刚从田里摘下来的，绿莹莹的。特别是，它的壶盖，是青椒上端的结蒂；壶钮，顺着结蒂处伸出青梗和两片绿叶。完全是艺术写真。这个曾被作为茶壶使用过的玉壶，已经形成了润泽的包浆。

尽管这是一款价位不高的玉壶。

我在想，从前有一个钟爱它的老人，很可能是一个老农，在走过了田野里的几十年的辛勤岁月之后，在他的晚年，在他自家的庭院里，坐在秋风飘来的成熟的气息中，遥望着远处的田野，遥望着田野尽头的夕阳，在夕阳的余晖里，看到了远远的荷镰而归的子孙的身影，手里始终把握着这把玉壶。

从再也无力荷锄田耕起，这有灵性的玉壶，就伴随在老人身边，朝夕相处。它的形状、色彩，凝结了田野的精神和气度，散发着大地的青绿的气味，让老人爱不释手。

那是双老茧层叠、皲裂纵横、青筋暴起的大手，把老人从此的安静和从容气度，把老人一生辛劳，一生善良，都一遍遍一道道摩挲于玉壶身上，就像虔诚的藏区僧侣抚摸着永远转动的转经轮。

于是这壶有了厚厚的包浆。

从此老人的心静如水。

玉是有记忆的，而这样的记忆总让人有些心酸。

2006年12月8日—2007年3月21日

好东西是慢慢品出来的

好多时候，突然看到了一幅画、一本书、一个玉器……只觉得好，但却给不出什么理由。只在过后，慢慢地品味，才有了恍然大悟、心胸敞亮的感觉。

第一次见到这壶，感觉上很舒服，但又有点疑惑：没见过如此料性的东西。古籍上曾有过象牙白、糙米白或鸡骨白的说法，但我在此却不敢把这几种白区别开来。

但这壶还是有点像糙米白。有点淡黄的“米粒”分布均匀，料性奇特。有几处微小的不易发现的红点，像似红沁。壶身一面阴刻描金“心旷神怡”，一面为宋朝戴昺的一首名诗《赏茶》：“自汲香泉带落花，漫烧石鼎试新茶。绿荫天气闲庭院，卧听黄蜂报晚衙。”都是阴刻描金，都是煮茶和喝茶而引发的人生感慨，是中国传统文化里的一种典型的闲适心态：生活轻快而舒适，心情放松而适意。薄胎。壶膛内琢磨如表。圈足，底款为减地阳刻“乾隆年制”，减地处烫金。方款圈足，有天方地圆之感；同时，方圆比例适当，富有美感。三处字迹公正考究，磊落大气。壶柄为龙，采用浮雕、阴阳刻等多种刀法，线条流畅，气韵生动，且与前方壶嘴“遥”相呼应，形成一体，可以把壶嘴想象为壶柄龙身延伸出的龙尾。壶盖与壶身几近严丝合缝。器形饱满浑圆，大气畅酣；简洁生动而威严庄重；做工精工细研，一丝不苟；整个壶体光泽润滑。此款壶充分体现了乾隆工的特点。用“大气”“精美”来形容这壶并不过分。

这壶的每一根线条，每一处文字，都透露出大气的气质和美的精神。这是对天地之下的生命存在的一种理想的神往：发现生活的乐趣，发现艺术和美，享受生活。坐在这壶的身边，它陪伴着你，启发着你，默默地等着你一点点发现它的丰富的内涵，每一次的发现都会让你快乐。

这样的壶，怎能不滋润心情，怎能不是朋友呢。

岫玉知足壶

只要喜欢就好

——岫玉知足壶

真的很喜欢这壶。时间长了，那种原先有的淡绿开始发白了。但仍是很喜欢。回到家里，回到它的身边，有一种温暖，淡淡地又是固执地涌上了心头。

这是我的第一把玉壶。

那时，不太懂玉，偶尔见到的，就买了回来，就一直喜欢来着。

这是一把极普通的岫玉提梁壶，在岫玉市场上较为多见。提梁以竹节为造型，竹叶布于壶身。流为竹节。竹节很突出、夸张，极有俏皮之感。钮为蝉。无足。水头较好，玉质呈淡绿色，这是蛇纹石的一个极重要特征。但玉质中“绵”较重，故有泛白之感。蝉与竹，系代代衍生之物，故古人常以此征候永生永远。蝉又音通缠绵，用缠缠绵绵来形容什么，我不说也都会明白。

懂玉的人都看重玉的出身。和田的，籽料，好像才是玉的上上品。我不是。我喜欢的是器形，器形的艺术感。觉得赏心悦目，觉得有一种别样的气韵美感，我才不在乎它的产地出身、玉质玉色呢。我就是喜欢这壶的器形和所指；喜欢这壶还因为它开启了我对中国传统玉文化的问询。

喜欢玉的人，都爱讲“缘”。一件玉器，怎么就能被你看中选上，怎么就能让你从此喜欢上它？你会觉得如此幸运，如此感受到它每日里带给你的喜悦与充实，好像这是冥冥之中的上天恩赐，于是就有了这个“缘”字。我与玉的缘分就是起源于这把不起眼的岫玉壶。

我曾读过一本书，那里有一幅玉器的图片：一个黑乎乎、脏兮兮的东西。作者愤愤地说：看看这幅图片，就知道岫玉为什么不值得收藏了！我不这么看。我不知道几十年后甚至以后的以后，这把壶的玉质还会有什么变化。但我知道我自己在以后仍旧喜欢这个最初让我喜悦的岫玉壶。在中国古典文化里，蝉也好，竹子也好，都是恒久的象征，是恒久的喜悦，是恒久的记忆。

这壶也叫知足壶。

2007年4月25日早晨

酒泉玉套壶

性情与品味

——酒泉玉套壶

我喜欢读董桥的随笔。他的看似随意与平实的叙述，机锋毕露，才情、见识毕显。董桥也是个收藏家，旧版书、藏书票、古玩字画……感觉上他都有。尤其是，他曾经议论过收藏。这些议论，体现出一个文人对收藏的真知灼见，尤为我珍重。

比如，他说，收藏是“大有大买，小有小玩”。大买是投资，是把收藏作为一种投资理财之道。前些日子有则报道抱怨说，当下国内的好多人，收藏仅仅是收藏，收了之后就藏起来；而美国一些大收藏家，常常是收藏一批古董，行情见好，就立即卖掉；转而再去收藏别的一批。这则报道批评我们现在不懂或者不会收藏里的经营与买卖。这观点如果是批评我，我认为说得对，一则我有东西——尽管不多不好，但我绝不出手，自个儿都没欣赏够呢；二是叫我去买进卖出，我没那么多的资金，也没那么多的工夫。我想，收藏领域里大手笔的人有，肯定不多；大多数的，还是像我一样，是“小有小玩”。

小玩也是一个乐趣，生活与心灵上的乐趣。没有多少本钱，却让自己长了见识，尝到了快乐。这也不能不说是收藏的一个目的。但董桥谈收藏时还强调，要有自己的品味与个性。他说：“收藏难就难在自己搜罗出自己的品味”。还说：“收藏要藏出自己的个性才有意思；趋炎附势，穷追名家，未免庸俗”。什么是品味？什么是个性？我有些说不好。但我感觉是，最好别漫无目的的见什么就收藏什么。能给自己增加点见识，增添些许快乐才是真的。例如这套梅花壶，是祁连玉也叫酒泉玉雕成的，据说是“葡萄美酒夜光杯”里做夜光杯的玉料。我曾在大连的一个古玩铺子里见过这样的器形，放在一个老旧的盒子里当作古董来卖，开出的是天价。我买这壶，是在北京的潘家园，价位极低，是在广州制作的。很惊异这样的薄胎，像纸一样。在阳光或灯光下，通透的碧绿里，长长短短、星星点点地流动着“墨”迹，轻轻叩去便有清脆的声音。尽管这器形有些笨拙呆滞，做工——特别是梅花老枝的壶执，以及由此延伸壶腹两侧的梅干梅花，还包括壶钮的梅花及枝干，做工略显粗糙，打磨抛光均不细腻，但至少对我来说，这壶与中国古典文化里的传统意象夜光杯有了切实的联系，让我对其有了现场感的把握。这也是“小玩”。这样的小玩多了，生活的乐趣就多了。能给自己增添了乐趣，何苦非得要去“大买”呢！

也许，小玩当中，更能见性情与品味。

2007年5月23日凌晨

青玉福寿执壶

玉壶的源与流
——青玉福寿执壶

壶古之有之。新石器时代便有陶壶，多无盖，无流有耳。商周时代，壶多为青铜，且往往有盖。按照《辞海》的定义，壶的基本器形为深腹，敛口，这定义并没有要求壶必须有柄（把）和必须有流。这就是说，古时候的陶壶、青铜壶就像我们现在通常理解的大瓶子、大罐子，用来盛水、装粮食和盛酒。

等到壶用作茶壶，就必须有流、有嘴了。茶壶出现和器形逐渐稳定的时间，大约晚唐、五代、宋朝、明代。那个时候，中国人喝茶的方式发生了根本性的变化，即由过去用茶饼煮茶变成点茶、斗茶，发展至明代的以散茶来冲茶、“泡茶”，这样的喝茶方式沿袭至今。

不用煮茶，不用茶砖，而用散茶，就引起茶具上的变化，茶壶便成了茶具里的主角。说茶壶承袭陶壶、青铜壶等而大规模用于明代，主要理由就是喝茶方式的改变而引起茶具的变化。有资料显示，明朝的散茶时代促发了紫砂壶的兴起与发展，使当时出现了许多大师级的制壶人和名传至今的紫砂壶经典。并且，现在所有的茶壶基本器形，在那时差不多都出现过，比如著名的“紫砂曼生十八式”。因此说，玉器里开始大规模出现玉壶，当属于明代，显然和喝茶方式的革命有关。现有的资料表明，明代以前，玉壶比较少见，之后便多了起来。另外，说玉壶和茶有关，是因为玉是中国人的圣洁之物，是高贵的美丽的东西，不可能用它去盛水、盛酒，只能用之冲茶、沏茶、泡茶。但这玉的茶壶，兼有茶具、壶的双重身份与特征，所学习的对象是紫砂壶器形，另外也学习陶壶、青铜壶的器形。有时看到明清时期的玉壶无流无执柄而像一个“花瓶”，我就纳闷，它怎么也叫壶？我理解是：它是在仿古。

以玉为壶，是仿生活器具，但实用为辅，赏玩为主，谁也不舍得把这么贵重的东西当作一般生活用品。因此，玉壶从出现直到现在，艺术性始终是第一位。

这把青玉福寿执壶（也可叫青玉仙壶），看器形就很特别。壶盖硕大，高度占壶身的三分之一还强。壶钮也特别突出，似一个大大的寿桃。壶盖、壶身均以减地浅浮雕方式刻画了三幅画，内有仙鹤、松柏、如意、祥云、蝙蝠、琼阁、东海和兰花等福寿意象。其基本旨义在于，只要像兰花一样有君子心胸和行为，就会心地宽阔、福如东海、寿比南山。用这壶来喝茶显然并不方便，但如果以之联想到陶壶、青铜壶，倒也觉得有几分相像，更觉得有几分情趣。

2007年8月23日深夜

碧玉双喜壶

一片冰心在玉壶
——碧玉双喜壶

玉壶是玉器当中极为特殊极为重要的一个种类。之所以说它重要，是因为它在明清走向鼎盛，受到了朝野的普遍喜欢；还因为，它被赋予了特定的文化内涵。

首先要明确一个特殊的语境：壶即瓠，瓠即葫芦。《诗经》里说："七月食瓜，八月断壶。"是说在七月时采瓜，在八月时摘葫芦。玉壶与葫芦的借喻，让玉壶具有了这样的文化内涵：

葫芦是宇宙天地的微缩和象征，是孕育世间万物之母。按照闻一多的说法，人类先祖伏羲兄妹就是在葫芦里躲过了滔天洪水，才使人类繁衍至今。也有一些学者说，伏羲，即是葫芦。正因为如此，葫芦的多籽特征也被派上用场，可以借喻子孙繁衍；而葫芦藤蔓中的"蔓"通"万"，藤蔓缠绕，盘曲绵长，寓意子子孙孙万代久长。葫芦还有一个意思：福。这应该是多子多孙的转喻，多子多孙才有福气。这都是葫芦古老的所指。这个意旨显然和玉壶有关。

八仙过海，祝寿时所用的护身法宝中就有葫芦，这和葫芦是宇宙天地微缩也有关系。天地是圣洁、浩渺、庄重、强大的，因此葫芦也是强大的和圣洁的。要以此为武器，谁能抵御得了。

我们最熟知的意象是“一片冰心在玉壶”，和葫芦的宇宙天地的所指也有关联，这时的宇宙天地，似更圣洁、宽广和纯净。有关冰心玉壶的意象在古诗名句里有许多，例如“清如玉壶冰”（鲍照）、“离心何以赠，自有玉壶冰”（骆宾王）。这里的“玉壶冰”，指的是清洁宁静的境界，高洁的品格。以这样的精神追求，来隐喻人生，隐喻着人应该怎样去生活。

就是说，无论怎样去理解玉壶，都有一个大的前提，玉壶是宇宙天地的圣洁的象征。无论是多子多孙多福，还是追求人生的高洁境界，都和这个前提有关。实际上，所有的玉壶，即使是素壶，即使器形是变化多端、图案各自不同，都是在上述的一个大前提、两个方面叙述着主题。就说这把碧玉双喜壶，壶身两侧减地阳刻着双喜图案，并以其平整光洁的打磨，以圆满的壶钮、壶盖、壶身、壶足，以类似于红山文化里著名的“C”形猪龙的造型为执柄，而设定出一个喜上加喜（即双喜）的生活境界。如何获得或追寻这样的生活境界，懂得玉的人一定会心领神会，“一片冰心在玉壶”，其实更是在说明这样的情形。

2007年8月24日夜

碧玉梅花执壶

玉壶到底有几种

——碧玉梅花执壶

这壶我叫碧玉梅花壶，或叫碧玉梅花执壶，因为这壶的整个造型就是一束老梅花。壶身、柄、流、盖及钮都是苍老遒劲的梅枝，只壶身两侧，以减地阳刻的方式，浮雕出绽放的梅花。壶的玉料为碧玉，稍青一些，与器形的形色同一，意味深长。有关梅花，中国古代至今，诗文无数，都可以用来诠释这壶，毋须我饶舌了。

这壶叫执壶，是因为执柄（壶把儿儿）长在与壶流相对的一面。执是持、拿的意思。壶的执柄就是使人能把壶拿起来。执壶过去有很多叫法，注子，注壶，偏提，汤瓶等。有一汉代的青玉双耳玉壶，有执有盖而无流无嘴（这也叫壶？！），双耳是圆雕的两个螭虎，一面一个，拿这壶时用一只手显然不成，一是怕拿不起来；二是拿起来也怕拿不住。这耳就是执。把两个耳朵变成一个执，再把壶的体量适当缩小减轻，拿起来就方便多了，这也成了我们现在经常见到的执壶的模样。《诗经》有“执子之手，与子偕老”的爱情盟誓，可以在手执执壶时想想——开个玩笑呵。

另一类玉壶，执不在壶身，而是在壶的肩颈部位，向上耸立着。这叫提梁壶。执这时也叫提梁。望文生义地说，梁显然是房梁的梁，横着的，提梁于是便于把握，如果没有特殊的身体情况，握住提梁，这壶也就拿牢了。

把玉壶分成两大类：提梁壶、执壶，是我这样的懒人的偷懒分法。刚才提到的那种有耳有盖无流的壶，其实也还算一种，多数是仿古器。

执柄、提梁，是玉壶的重要构成。但造型常常是变化多端，千姿百态。一般说来，你找不到一模一样的执柄、提梁。即便是一般的没有纹饰的素壶，执柄和提梁也是有变化的。为什么？就是要在这小小的执柄、提梁上做足艺术的文章。欣赏玉壶，不可能忽略执柄、提梁上的艺术造型。这执柄、提梁一方面是服从于玉壶整体的主旨，同时也常常深化、拓展主旨。就说这碧玉梅花执壶，执柄是一枝苍老梅枝，执柄上端将这老枝分别延伸壶身两侧，并各绽放两朵梅花。这当然是对执柄的一种艺术创意。这类类似的创意几乎所有的玉壶都能见到。

2007年8月30日下午

白玉寿壶

玉的经济价值
——白玉寿壶

自古以来，玉就是财富的象征，这主要是因为玉的稀缺性。世界上任何稀缺性的东西都显得珍贵，愈稀缺愈珍贵。而珍贵的东西经常成了财富的象征。人类最早使用玉的时候，我考虑主要是因为玉的硬度，这种硬度使玉斧、玉刀等等为人类的生活提供了方便，提高了人类生活的质量，提高了工作效率。也可能正是玉的稀缺性，使这样的工具难以大规模的运用和使用，再加上其材料上的色彩、光泽、水头的审美特质被逐步发现和认识，于是玉逐渐离开了实用阶段。

认识到其稀缺性，认识到其审美特质，再加上成为人们的思想观念、审美趋附最适当最合适的载体，玉很快地成为一种经济价值的衡量，成为财富与权力的象征。还有，玉本身的物理特征，使玉不易氧化不易腐烂，有一定的长久性，容易传承下去。

这些，都是玉成为财富的基础和条件。

在中国古代，玉的财富性让其成为少数人的专有，成为权力的体现。从远古时期直到清代，玉（特别是玉料精良、器形精美的玉器）一直被权贵所垄断着：开采权是他们的；治玉过程也在他们的控制之下；制作出优良的器物，也被他们所垄断。其实，我也觉得，从古至今，玉器在民间也被大量地使用，也广泛地被老百姓所喜爱。中国的老百姓把民间温暖和温情，把百姓的理想愿望都注入在玉的身上。但无论官方和民间，都把玉视为财富的一种。

即使在现在，玉的财富性也是十分明显的，是投资、理财的一个方面。特别是那些精美的玉器，无论是新的还是老的，都是投资理财及收藏领域里的宠儿、热点，并且这样的热点，将会永远地持续下去。但对玉的看法，随着时代的变化，随着人们艺术素质的提高，将有所改变。就是说，对玉的财富的感觉将逐步过渡发展到对其审美艺术性的看重，玉器从材料上到器形上的艺术性将成为玉器收藏的主要衡量：玉器就是艺术品。

这样的艺术品，需得有一定的条件，太小了，不起眼，有可能发挥不出特有的线条、构图、器形，因此得有一定的体量，即玉料必须具备一定的体量。小的，佩件挂件，好是好，但太小了，普通而普通，也就是平日里人们喜欢的小小佩件罢了。一般说来其经济价值因为体量太小、价格的起点和基数太低，而难以有更大的升值空间。

比如这款白玉寿壶，很小很小的，但很温润。器形为两枚桃子：一枚为壶钮，一枚为壶身。壶执为一枝虬老的桃枝。几片桃叶从桃枝延伸到壶身。这可是两枚寿桃呵，是吉祥的、平安的、富裕的，因而是长寿的意思。有这样的意思就应该很好了，所以也就没什么必要去考虑它的价值和增值问题。原本它体量就不大，价格自然也不会太高，加上这是民间玉工所做，做工不是那么太讲究，器形也有点老套。因此设想它有个很好的增值空间似乎也不太可能。如果把它看成是民间的中国传统文化的一个注解、一个象征物，则它的意义就很有意思，也就很有价值了。

2007年6月22日上午

白玉提梁壶

隽永的意境 人生的品味

——白玉提梁壶

竹子是中国历代文人、画家喜欢歌咏和书画的对象。据说苏东坡爱竹，还说过：“宁可食无肉，不可居无竹。”当代作家管桦喜欢作画，大都以竹子为对象。过去，常说的“岁寒三友”（松、竹、梅）、“四君子”（梅、兰、竹、菊）里，都离不开竹。竹子是茎中空且有节的多年生常绿植物。它的种种生物特征被引进生活之中，就成了人性的某些品质的比拟和隐喻了。比如它的耐寒、挺拔高直、有节，经常被视为清高、高洁、坚韧、风骨、气节等等。人具有了这样的品行，才可能心底无私、胸怀坦荡，才可能更有福气和长寿。因此苏东坡还题写过“竹瘦而寿”的句子。

竹子是中国古典文化的一个重要意象。

以竹子为题材的玉器，几乎随意就能见到，寓意也基本如此。比如我就见过七八款以竹子为器形的玉壶，真是千姿百态、美不胜收。但这款和田籽料的白玉壶，我看重的是，在那些以竹子为器形的玉壶之中，它是一款很有创新意识的很大气的很有艺术感觉的玉壶。这块玉料，一边“云”很多，还有一绺；另一边料质洁白纯净，润泽细腻，水头充足。纯净的这边，就做成了壶流、壶执、壶腹及其上的竹叶和嫩芽，还有一蝙蝠，正振翅飞向竹丛（蝙蝠隐喻着“福”）。有“云”有绺的一侧，则盘根错节了新的老的竹茎、竹叶而成竹丛，为了遮蔽“云”和绺，还做了面积较大的金黄色“烤皮子”。壶有两执，一大一小。大者高耸着，从“烤皮子”蜿蜒而上，顶部是一个竹节的剖面。壶钮形似瓦钮，实为一节竹子枝叶。整个玉壶巧妙地利用了料质，把一束自然的竹丛真实地表现出来了。这可以说是不拘一格、别出天地艺术创作。我喜欢这壶那纯净的一面，它让我想到了高洁、高尚和高贵，还想到了气节和骨气；我也喜欢这壶的有“云”有绺的一面，它让我想到了真诚、坦率和勇敢地面对、承受自己。我还特别欣赏这壶的刀工，准确、生动、形象和流畅。欣赏它的抛光细致、整洁。它似乎集中了玉器制作的所有的传统工艺，显示出制作者极好的艺术修养和娴熟高超的玉雕工艺水平。

这款很有意境的玉壶的名字是白玉提梁壶。

2007年7月27日

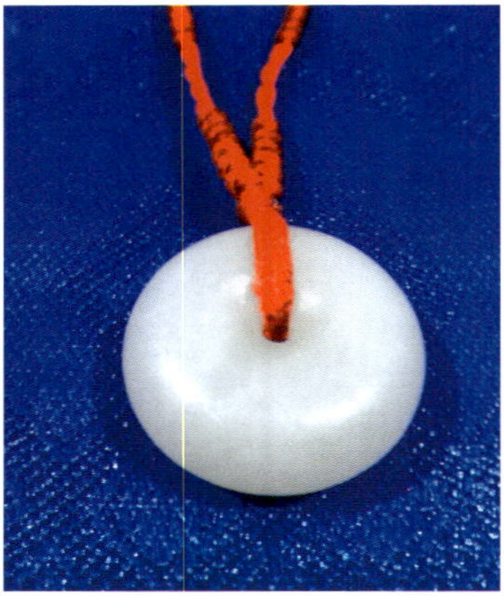

和田白玉扣

白玉之歌

我想去新疆的理由主要为了看看白玉。在大连，在李静那里，我曾看好一把白玉壶，器形是竹子。我去的时候李静的表哥刘捷鹏正在埋怨她，他早就叮嘱她把白玉壶放在紫檀木做的玻璃罩里，但她却没能那样做。如今这把白玉竹壶已经在我的书架上，每天看见它就想到了新疆，想到了昆仑山。白玉就孕育在那里。在中国传统文化里，昆仑是神仙生活的地方，那里的玉宇琼阁，在我的感觉中，都是白玉所生成的；而神仙们的琼浆玉液，都和白玉有关。因此中国玉文化大家，也是大连的旅顺人，杨伯达，就曾执着地说：中国玉文化的主流，是新疆和田玉，是白玉。

当我真的伫立在乌鲁木齐的街头时，那是个九月的晚上，在内地早已是万家灯火了，我的周遭还是熙熙攘攘的人流。就突然地看了看天空，像晴日里天山的天池一样深蓝的天空上白白的云彩，正在轻轻飘动着，涌向远方的博格达峰，主峰是白白的雪山冰川。一瞬间的孤独和欣悦齐齐涌上了我的心头。乌鲁木齐蓝天下的云和雪，让我想到了白玉。

还有，在喀什，在这个夜里很晚才能睡眠的西部边陲小城，让我想到了不远处的且末、于田、和田……让我感觉到两条让我夜思暮想的河就在附近流淌了千万年，白玉河和墨玉河。它们都发源于昆仑山，在纯净的冰雪里孕育了中国传统文化最美丽最核心的所在：温润，纯粹，中庸，中和；随之扩展的是仁、义、智、勇、洁，扩展到了高尚、美丽和纯洁。白玉成为人的品德、品性、德行、操守的暗喻。我们的传统文化理念和民族精神——教人怎样为人的核心和根本，就是白玉所体现的那种气度，那种性情。

我去新疆前，李静和刘捷鹏听说我要去他们的家乡，送给我一枚小小的磨地子玉钱，白玉的。玉钱也叫平安扣，是人们在苍茫宇宙里安身立命的一种最美好的祈愿和祝福。在天池冰凉的水里，在吐鲁番的坎儿井中，在喀什噶尔河边，我都把这白玉扣，放在它出生的雪水里，感觉手里温润和心里温暖。这玉扣和我，回到了故乡，回到了赋予它生命赋予它更多所指的所在。它和我一样，又一次回到现实生活的现场，重新感受着飘扬在新疆的旋律和歌声，又一次目睹了一场场热情的舞蹈。新疆也是艺术的新疆，那对乐器、旋律、歌声、舞蹈语汇的熟悉和热爱，仿佛是与生俱来的，是随时随地的。也就在这充满人间情怀的艺术氛围里，不经意中就有了快乐的旋律和斑斓色彩的飞舞，就有了美丽的歌声和盈盈的笑意。我真的感觉到，只有在歌声和舞蹈里，笑意常常在一瞬间开放得那么真实，那么叫人迷醉，就像白玉带给你的感觉一样。

这是艺术。新疆的艺术。艺术的新疆。我们每个人的艺术，每个人都需要，都需要在其中放飞自己的思念，敞开自己的情怀。

这艺术和我们的生活及生存有关。在白玉河那里，一直流传着一个古老传说：阴人捞玉。那必须是在月夜里，那些少女，优雅地走进了白玉河，才有可能和白玉相逢。这传说显然和纯洁、天真、善良、温润有关，和艺术有关。李静和她的表哥刘捷鹏说，现在的白玉已经不是过去的白玉了，青海料、俄料也经常被人说成是白玉。就连新疆的一些玉石权威机构，一些玉石权威人士，还有许多玉石商人，都在扩大白玉的所指。

不该是这样。这样下去，人生的温润会流失的，善意也会流失的，诚挚的笑容、最纯洁的思念、纯粹的艺术都会一点点流失了。也许，这样下去，白玉也就不温润了（据说，俄料的重要特征是把玩久了就发乌发黑；而白玉，则越久越润），艺术也就失却了温和心灵、滋养和展示纯真笑容的作用。

2007年11月1日凌晨

西蕃作莲纹碧玉执壶

美丽吉祥的祈愿 美满幸福的隐喻

——西蕃作莲纹碧玉执壶

这是一把挺复杂的玉壶。主要是，壶盖、壶肩、壶身造型构图的复杂，以及隐藏其后的意旨的复杂，还包括雕琢得复杂。这壶的名字西蕃作莲纹碧玉执壶（也叫西蕃作缠枝莲碧玉执壶）是我起的，拗口且复杂，却也一下子说清了这把玉壶的特征。

这壶不小，高约19cm，长约13cm，宽约11cm。纹饰细密，几乎为满壶。壶形以及壶身图案构图对称谨严且大气畅酣，做工精致细腻。壶身图案的纹饰为减地凸雕，壶壁厚为20mm，减地处才10mm，成就了此壶胎薄体轻，透明度高，鲜明的痕都斯坦风格。因此可以称之为“西蕃作”，或在“西蕃作”之前，加一个“仿”字。西蕃作是清乾隆时养心殿造办处的一个车间，专门制造“痕玉”，称“西蕃作”，与“苏作”“京作”相仿。

这壶和花有关：盖钮为花蕾型。壶身两侧各为一株超大的枝蔓茂盛的缠枝莲，中有盛开花心。莲是壶身图案的主体，也是主题、主旋，使整个器物雍容华贵、富丽堂皇、气度非常。承接盖钮的盖面，是变形的莲花瓣。壶肩亦是，但又在变形莲瓣上略加了如意因子。壶肩与壶身处，是一个凸雕的圆梁，以对壶体进行肩与身的界定。壶腹下部与圈足过渡处，也是莲瓣的变形。另配四小杯子，圈足与杯腹下部过渡处，也是莲瓣的变异。

这莲非水中荷花，而是陆生的铁线莲，有人亦说为西蕃莲。

据说西蕃为印度一个地名。约在乾隆时期，以“西蕃”命名的大都为实用器皿及制作技术进入中国，多薄胎，纹饰多为植物，具有浓郁的阿拉伯风格。西蕃莲的命名源出即如是。西蕃莲这种纹饰，也具有强烈的宗教色彩。莲入玉器，本于佛家“莲生钵”之典，钵为佛家重器，可生养万物，即如生莲。莲为崇高、圣洁之物，“净”是它的关键词，净也是静。

这壶在面前，能不净吗？能不静吗？净了，静了，也真的就美好吉祥、美满幸福了。皆因这壶有莲，而在中国传统文化的美丽文化意象里，莲花不能不上排行榜的榜首。

这壶耐读。长久地读它的质地，它的澄明、缜密，包括圈足里淡淡的褐色沁斑，还包括壶体里偶见的黑斑、云斑、水纹。这都为玉器提供了可见的真实性。更重要的是，现在的人，有无时间有无心情，能把作品雕琢得如此精美？又有谁，在这精美里头，以端庄周正的立场与精神，以世俗情怀的话语方式，给生存与生命以一种智慧与精神？

2010年1月31日

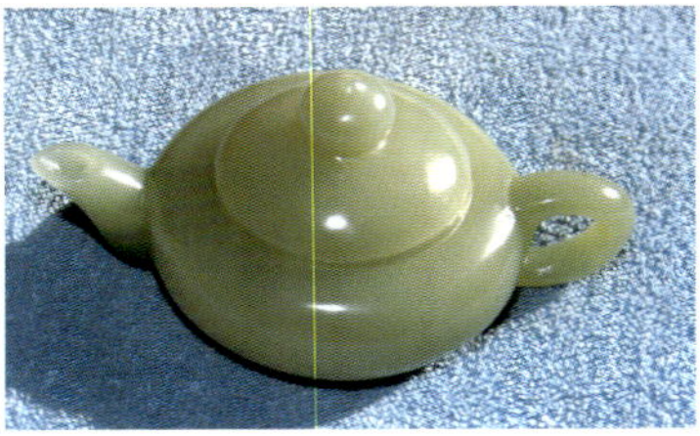

青玉扁圆小素壶

在太阳光下醒来

——青玉扁圆小素壶

读顾城佚诗手稿里的一个句子“我在太阳光下醒来”，便想到他的身前身后。顾城是我十分敬重的诗人，文静而略有些自卑的神态，不似现在的人，还没写出什么好文章来，就大喊大叫起来。人和自然，不能没有阳光，也无需大喊大叫地张扬着自己；许多的，只要有阳光，就能显示出本色和真正。就说这款小小的青玉素壶，在连日的阴天和大雨过后的阳光里，一下子显示了它的温和与可人。

这壶不大，才高约为5cm，最长处——连壶流、壶执都算上，才约为9.7cm。玉料的色泽是青里略带点白。玉质极佳，一是料的纯正细腻，杂质鲜少；二是油性大，上手抚之，有“粘”手的感觉。一般的说法是，青玉相对于白玉不怎么上讲究。但如果在阳光下见到这款青玉玉壶，你就会惊叹不已。这也是在说，当你说时，说出的是判断，比如扬此抑彼，恰恰是说出了局限、不足，甚至是错误。有时无言可能是大言。这小小的玉壶就存在于这里，以它的无言显示着自己，给周遭，给这个世界带来了美丽，带来了温煦，带来了有言。

从器形上看，这壶是较为典型的玉壶里的圆形素壶的标准器：符合规矩，以圆为要；线条流畅，造型完美；各种构成全部齐全；不用丁点文饰，素面朝天，似自然天成；用壶钮、壶盖、颈身、圈足……显示出至少八条圆线而结构成壶。但在此也有创意，一个是圆球似的壶钮的顶端，悄悄地汇拢成一个几无察觉的半球形突起，俗话说是“鬏”；另一个，壶身似乎像是球体被压缩了，成为一个小“扁”球。两个奇异的圆体的变形，使这壶既有圆壶的风度又有自己的个性。而它的小，则有小巧、玲珑之感。因此，也可以命名这壶为青玉扁圆小素壶。

人类懵懂的时候，就在冥冥之中以圆为美。为什么？是受天象的启发，受太阳的启发，还是人体自身的启发？但有一点可以肯定，圆一定被认为是起初和终到，被认定为容纳和包容，被延伸为吉祥和祝福。把无形的想象的圆，外化、物化成玉壶，不为实用，却是理想和希望的凝结。

多少次，在阳光里特别是在早上的阳光里，与这小壶对视，就有着想“说”的冲动，终因无力诉说——怕说了而愧对这素洁、素雅。尽管这壶因手工琢磨，有的圆线并不那么工整，但它依旧是我的最爱。

人和玉壶，都是在阳光下才能醒过来。

2010年8月15日上午

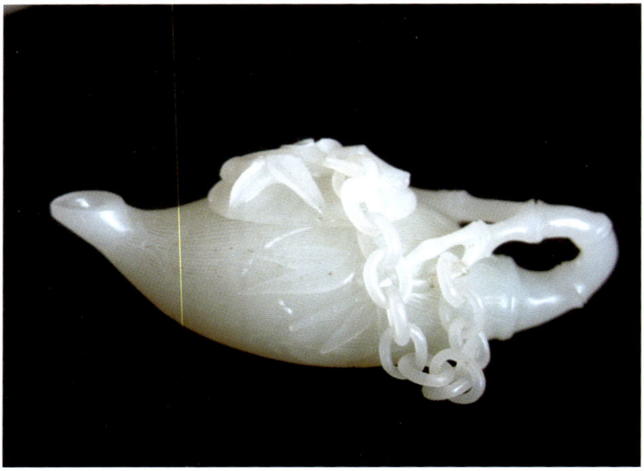

白玉笋芽链壶

为什么呢

——白玉笋芽链壶

这壶可以叫白玉笋芽链壶。

还可以叫白玉笋芽小链壶。

它的长不超过12cm，高和宽均不超过5cm，不太大。

小，意味着小巧、玲珑，容易和美学意义联系起来；可心可爱及受人爱怜。

这个白玉小壶可爱不?

特别是，这壶还带链子。链壶在传统工艺里很是讲究，是把一整块玉料，经过精心构思，雕琢成壶盖、壶身与壶链，天生地用链子将盖与身连接在一起。

造型是笋芽，两头尖，中部凸起，壶把儿是嫩嫩的竹节，壶盖的钮镂空成小小的竹叶。

竹子是中国文化的古典意象，四君子之一，为历代文人所珍爱、推崇，诗文、书画里有关竹子的内容，比比皆是。君子是什么？论语上说：君子坦荡荡，小人常戚戚。即是也。

壶的原初，一定有这个意思。

还有一个。这壶不是遒劲苍老的竹子，不是高大挺拔的竹子，而是竹笋，是成年竹子的童年、少年时期。于是，这壶有了另外的暗喻：顺。顺是顺利、顺变、通达等等，是吉祥的祝福。

这用于自勉，也可以用于为他人祈祷。

这样诠释小小的白玉链壶，不是我的凭空杜撰，而是千百年来中国文化，主要是中国玉文化所规定的。我一向认为，中国传统文化的外在表征之一，象征之一，便是玉文化。但让我奇怪的是，位处东亚文化圈里且在历史上深受儒家文化影响的朝鲜、韩国、日本，玉文化的发育却是很不全的。

去这三个国家，特别是后两个，几乎鲜见本民族创作的玉器的重器，偶然能见到的是零星的小佩件，比如玉戒指、玉小饰品。日本产玉，叫日本玉；韩国也产玉，叫韩料。可他们为什么不喜欢玉呢？谁能告诉我这个答案？

他们的过去，喜用汉字，喜用中华民族的实用的非实用的许多东西。唯玉器，也不是不做也不是不用，比如日本历史上就有专门加工玉器的设备。但在我看来，像中华民族这样对玉器的大规模地使用，源远流长地喜爱，他们都没有做到，玉在他们那里，似乎是一个缺项。

我尚确切不了这究竟是为什么。

我也感觉出一些为什么，但我不想说。

提示一下：现在科学界对宇宙起源差不多公认的理论是宇宙爆炸说，说宇宙是由一个小点点而爆炸膨胀以后也会冷却收缩回到原初。在中国古代神话里，这个点，事实上叫“混沌”。“混沌”更重要的还是一个思维方式，与现行的逻辑推理的直线思维方式绝不一样，有人称作“顿悟”式的思维。不对！如果以别的方式命名这种奇特的思维，如果深究其命名之后的特别的内容，就会发现，自从那个小点爆炸以后，在有了地球有了生命以后，霸道似的直线式的思维方式像链子一样束缚了生命！而非直线式的思维，比如混沌，可能还开阔我们的视野和心胸。

这小小白玉链壶，就静静地在我的身边，在提示着生命的另外路径。

2010年12月19日星期日

青玉元宝执壶

无语的水滴

——青玉元宝执壶

这壶叫青玉元宝执壶。因其小，才11cm×5.3cm×4.5cm，也可叫水滴。

元宝是古代的钱币的一种叫法，是铸成马蹄形状的金银锭。这金银锭，亦称宝银、马蹄银，也属货币之一种。现今亦有元宝形状的金银锭，多为保值收藏之用；或民间以木、纸等制作元宝形状，或在纸上、木版、石头等材质上作画与雕刻元宝，为祈福、纪念之用。元宝是一个很吉祥的文化意象，暗喻着财富、富足，自然也暗喻着平和、幸福、美满的生活。

这元宝玉壶一上眼儿，便会让你眼睛一亮，先是那平与透的感觉，像镜面一样，像缎子一样，宝光四溢；接着是它的线条感，流畅而富有节奏韵律：两条始于壶嘴的曲线，形成了明晰而强烈的壶身与壶房的界面，折返成强力的壶执。壶嘴为一弯嘴；壶盖为压盖；无足，紫砂器类称此为“一捺底”。这样的造型也让此壶显得简洁生动而大气。特别是，壶肩耸起，堆成类似元宝形，上承同样为类似元宝形的壶盖，使整个壶体各部分，有自己特别的形制又互为关联，成为一体，成为一个动感明显、韵律分明的美玉壶。

这壶有资格置于案头。

古人案头，必有器具以用墨，分二：一为水丞，即似矮一点的水碗；再是水滴。水滴也有二，无盖为一种；另一有盖，即为壶，小一点的壶。汉刘歆在《西京杂记》里说，晋灵公坟墓里有一玉蟾蜍，“大如拳……王取以为水滴。”而宋赵希鹄在《洞天清泉集水滴辩》里说：“古人无水滴，晨起，则磨墨汁盈砚池，以供一日用，墨尽多磨，故有水盂。”这里透出两点，一是水滴的出现，至少在晋灵公之前；二是，水滴的材质至少是珍稀的材料，比如玉，或制作工艺讲究的瓷器等。

置于案头的器具应该讲究。每天必看，每天必用，还是置放一些精致、绝美的文房为好。如果案头上都是树脂类的涂着金粉的名片盒、笔筒等等摆设，光芒耀眼以后，似乎只有炫耀的感觉。我一直在想，中国古人信奉的是“文章千古事”，因此每每在案头，那些文房，便有励志、警醒、养眼养心之用，于是行为有所皈依。而今人的文房，似多以实用为主，或为摆设而设。因此阅读一些书画，看似美轮美奂，但总觉里头少了支撑，少了看了必想、想了必深远美妙的韵味。

把这把玉壶视为水滴，是绝对可以的。它会静静地以它的动感韵味，让我们享受着生活里和它相处时的美好时光。

2010年1月24日上午

青玉祥云五福元宝壶

你就在我心里，不舍不弃

——青玉祥云五福元宝壶

这是一把青玉祥云五福元宝壶，今年春节前我给自己买的新春礼物。因为它是个元宝器形；因为它的壶盖，布满了祥云；因为它的壶身，也飘满了祥云和祥云里头的五只蝙蝠。蝙蝠的“蝠”，音同“福”；五只蝙蝠，意味着“五福”。中国古人所说五福，指的是长寿、富贵、康宁、好德、善终。康宁是身体的健康和心灵的安宁。好德是仁爱而宽让，乐善好施，这是五福里头最关键的所在，德是福的原因、根本，福是德的结果和表现。

这壶吉祥不?

这壶只一眼，我就喜欢了。并没有因为它不是白玉而有遗憾；也并不因为壶把儿的料质隐约闪现的“石”与“棉”而有嫌弃；也不会因为壶身一侧隐约的缝隙而有些难受。在我看来，这是一把几乎完美的青玉祥云五福元宝壶。今天的人，是不会用一种好心情把不完美的玉料琢磨成这样精美的玉壶的。看看它的器形，匀称周正，线条委婉流畅；看看它的壶面的打磨抛光，竟也出现像果冻一样的动人的平滑。内心里特别感谢这壶的制作师傅，面对着存在瑕疵的玉料他竟也不离不弃，精心而为着一种令人心动的美。

在有了一定的人生阅历（这也包括一定的阅读积累）以后，我特别喜欢汉字里的“福”，自以为它和愉悦、欣喜、快乐、福分、福气……这样的人生吉祥、心灵安静有关。至今依旧是我们生活里经常见到的福、福气、福分等等语词，其实承载着千百年来中国人的追寻与梦想。有些陈旧吧？其实不。有些俗气吧？其实也不。静静阅读这把青玉祥云五福元宝壶，真的会发现，它的周正、“平整”、规矩，以及那种雍容大度、端庄美丽，诉说着一个可以让人终生神往的“福”字。

这个春节，我时时把这青玉祥云五福元宝壶捧在手上，看着，经常是凝神地看。

玉器要养，即通常所说的“养玉”。养玉久了，玉器就润泽起来，甚至还有了包浆。这里头，人生故事就多了起来，只是我们无法读懂（有传承关系的古玩除外）。但这不要紧。养玉其实是一种交流，人与玉的交流，是两者的肌肤相亲。或戴在身上，或握在手里。把各自的体温、心情和心里的愿望暗暗地传递给对方。有人说这叫“把玩”，不对的，至少在态度上不端正。还有一种养玉，神养或心养，只是近距离或远距离看着，并不接触。和作家刘元举说到这事时，他竟从端坐的椅子上跌了下来：“这才叫懂玉！”只那么静静地凝视着，玉和你一起，心神宁静起来，会想许多美丽的心事，或许什么都不想。

这壶弥漫着像焚香一样的福的语境，袅袅地笼罩着书房，仿佛从很远很远的地方而来，来告诉你，和福气、福分有关的事情，和人生有关，和怎样做人有关。

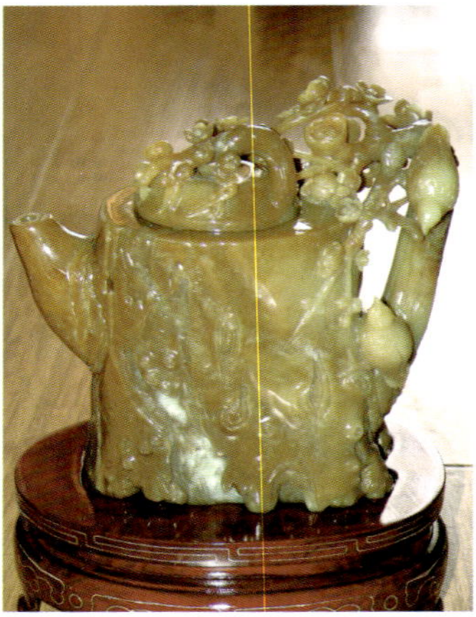

喜鹊登梅糖玉执壶

珍惜生命的每一天
——喜鹊登梅糖玉执壶

又读董桥的《故事》，其中一节《雪堂行楷》，说到罗振玉。罗振玉一生，学术也做，官也做。“晚年更有过出仕伪满的不光彩历史，在学术界很难得到公正的评价。”董桥这么说，未必准确。尽管罗振玉不似王国维，“沉江去世后学生合力为他塑造崇高的学术地位和清峻的品德操守”，但罗的学术影响，还是为世人尊崇的。据我所知，光是在大连,就有许多人，静静地守候“罗学”。他的肉体生命殁于大连，但他的精神生命，应该还在大连。罗振玉在《古明器图录序》，记载了他狂掀古玩市场里古明器的先河：从来没有人关注古明器，因为不值钱。罗对古玩商人说，凡见之都给我，我付高价。于是再没人不注意市场上的古明器，海内外人士皆“争购之”。罗在学术上，可以说是文学家、书法家、藏书家、古玩收藏家、古玩商人等等。一个光会写字的人还远远够不上文学家。董桥在文章里说：“他的字醇厚，稳练，不是书法家奇目的美姿，而是饱学之士雍容的举止。”还说：罗是“真有大学问的大学者，半生饱受舆论的攻击揶揄，接近他的人却无不称赞他厚道，低调，从来尽量不回应外界对他的责难。”

不知道雪堂先生有灵，能否喜欢这把厚重的玉壶。这把具有超大体量（光重量就大约在4千克）的玉壶被我命名曰喜鹊登梅糖玉执壶，差不多是常见玉壶的十倍大小，算是以玉壶方式对中国传统文化进行的一个“宏大叙事”。整个器形是一株遒劲的梅花老树，疤节布满壶身。壶盖及壶把儿是初现梅花的枝干，并有一对喜鹊在深情啼鸣。喜鹊和梅花是中国传统文化意象。梅为高傲、高洁的暗喻。而喜鹊，则和喜上眉梢、喜鹊登枝（梅）以及双喜临门联系在一起，是吉祥、美好的祈福。也许古人把“喜”与心地、人格境界联系在一起，心地圣洁的人才更能美好，才能有此人生境界、生命气象。用董桥评论罗振玉的行楷时用的“醇厚”“稳练”来形容这玉壶，也绝不过分。这壶原本是岫岩的傅杰所有，她是一个痴玉的女人，一个抱着玉石睡觉的人，卧室、客厅、书房到处是玉器。她一边做着玉的买卖，一边还收玉藏玉。好的玉器，她就自己留了下来，绝不出让。我就是在她家二楼客厅里发现了让我眼睛一亮的这把糖玉大壶。

多少年来，一直希望自己能有一把硕大而醒目的玉壶，置于案几。书读累了，字写累了，便抬起头来，默默与它对视，琢磨它的沉静、厚道、坚忍、稳重，琢磨它的美的造型和吉祥的寓意。这个时刻终于等到了，我怎能不珍惜呢？也突然想到，生命之喜、之乐，可能并不是突如其来的大喜临门，而是，在平常的日子里，家常似的走过生命的每一天，这也许就是每天都喜上眉梢！

2011年5月28日

图一 墨玉凤尾壶

凤尾壶之说

这壶起先在柜台远处的一个窗台上，胡乱地摆放在几十把玉壶之中，且壶盖反向（像反向戴着的帽子，见图二）。很不起眼，灰头土脑的。也就是心里蓦然一动，让售货员拿过来看看，上了手就再不舍放手了。把壶盖调正了方向，一把周正的且很有创意的墨玉壶现形出来。真的很好看（见图一）。这壶可以称为很有艺术感觉的玉壶：它的壶形是很周正的椭圆形，胖乎乎的，几无挑剔。壶盖的钮，是躺着的水滴型。特别是，壶嘴是像鸭嘴一样，这样的壶嘴较为少见。而壶把儿，即壶的执柄，由粗至细，呈弯弯曲曲形状，尾尖高高翘起，多像飘逸的凤尾。

没见过这种器形的玉壶。

显然，这是一把试图创新的玉壶。

明清时期，玉壶的设计与制作主要源于两种，一是多仿古代青铜器及陶瓷器皿里的壶，这样的壶，多为盛水、盛酒之器，无流无执；二是多仿紫砂壶，即多为紫砂古器的玉壶化，如曼生十八式。就是现在，玉壶的设计与制作也常以古意为主，可以称为经典壶形、经典器形。这可以理解。古典壶形已经沉积了中国传统文化的古意，是经历过长时间淘洗的美丽意

图二 壶盖反向的墨玉凤尾壶

图三 PS之后的墨玉凤尾壶

象。现代玉壶也有不少创新壶形，几乎与古典壶形有联系的。比如说眼前的这把玉壶。

我想，这壶应该叫作凤尾壶。

只是，作为执柄凤尾之下，还有一个带有突出的圆环。以这样带突起的圆环入壶作执柄，在紫砂壶常见，在玉壶里也不少见；这样的执柄，我们经常见到——通常也被意味着凤尾，而我看有点像红山文化的典型器“C字龙”。这把“凤尾壶”凤尾之下的带突起的圆环，制作者原意我想是为了端壶方便，可以把食指套进圆环里，以便拿得住。问题是，弯曲的执柄、倒置的水滴以及鸭嘴似的壶流，处在同一水平线而有一种和谐之美，又呼应着椭圆形的壶身，只是那带有突起的圆环似乎显得有些多余（见图三，经过PS处理）。

由是我想，生活里的确需要时时创新。但这种创新，须有所依据，这依据，便是美的法则。

非常非常喜欢凤尾这个命名。

2011年6月2日

宝相花玉壶

梦里情缘
——宝相花玉壶

这壶可以叫宝相花玉壶，还可以叫宝相花提梁壶，或者宝相花执壶。

这壶的最大亮点是它既为执壶又为提梁壶。很少见的。提梁是活环的，可以活动，是与壶身一整块料錾刻出来的。活环工艺，还有俏色工艺，都是我们传统的手工艺。

这壶是常见玉壶里要件最为齐备的：有钮，有盖，有执，有提梁，有壶身(壶身上还有壶肩)，有圈足，甚至还有款，当然是伪款。

一般玉壶没有的，它也有，比如“茶漏”。

我猜想这壶的起初设计很大气，也极富想象力，是不惜气力想做一把别具一格的玉壶。玉器行业对“创新”有另外的说法，叫“创古”：创是创新，古是依循古例，是在传统的基础上创新。极有道理吧。

这壶便如此。

这壶的整体器形是宝相花。宝相即佛像；宝相花则是想象出来的花，是古人在莲花、菊花、牡丹等花卉的基础上，综合起来而虚构的吉祥如意的纹饰。这是很有历史感的花纹。这壶的藤蔓缠绕、花儿盛开的宝相花，在壶身的两侧，用的是高浮雕的琢磨方式，很抢眼。

这壶的壶钮、壶盖、壶肩以及壶身与圈足之间的区域，都是长短不一、宽窄不一的变形莲瓣，彼此呼应着，映衬着吉祥的宝相花。

还有执柄（即壶把儿），上面浮雕着莲瓣，下面琢磨出凹槽；提梁的内侧，同样也出现了凹槽。

而壶钮的顶部，差不多绿豆大小的区域，阴刻出井字格的细纹；茶漏的全身，几乎也都镂雕着井字格漏缝。

这壶是黄色。皇家的传统色彩。大气而壮观。

那是个下午，我在沈阳，正要返回大连，偶然遇见这壶，就是喜欢。价格没谈妥。回到大连的夜里竟几乎一夜未眠，半梦半醒之中都是这把奇特玉壶的影像。第二天早上匆匆又去沈阳，捧着这壶吃碗拉面再回到大连，那个夜里心里便欢喜了许多。

喜欢有时没什么理由。

2011年7月16日

酒泉玉仿古壶

葡萄美酒夜光杯

——酒泉玉仿古壶

可以借用下列文字来说明眼前的这把玉壶：

壶身扁圆，鼓腹，短颈，圆壶盖，圆钮（原文为扁圆钮），二弯流，圆耳把，姿态优美……①

这段文字抄录于《紫砂壶器形识别图鉴》，是在说明清道光制砂大家邵大亨的一款紫砂仿古壶。只去掉上述文字里一个“扁”字，感觉上就贴近了眼前的这把酒泉玉仿古壶。明清以降的玉壶，器形多源于古青铜器和紫砂壶。

这壶购于前几年的甘肃敦煌。当时觉得价格可以，又是当地鼎鼎有名的玉料（即酒泉玉，又称祁连玉），便买下来作一个标本。以前见过一个资料，里面说已经发现的玉石种类达200多。但我们习惯的玉料实际上就不几种。比如四大玉石的说法：和田玉、岫玉、独山玉和酒泉玉（一说蓝田玉）。酒泉玉其实与岫玉矿物质地差不多，蛇纹石的。但外观上却与岫玉差别相当大：玉色多为暗绿，有较多黑色斑点。

买的时候玉商告诉我：酒泉玉就是传说里的夜光杯的原料。这我有些失望，也没见到能发夜光的酒泉玉。这壶亦如此。也曾在网上见过自称为酒泉玉制作的夜光杯，总感觉和我想象的不太一样。我听说，夜光杯的工艺已经失传了。

去查唐诗里有关资料，发现王翰的《凉洲词》里所说的“葡萄美酒夜光杯”被后人诠释时，夜光杯并非是酒泉玉而是和田白玉，且是那种上好的白玉，还是羊脂白，还是籽料的。这些解释其实都来源于汉代东方朔《海内十洲记》的一句话。这句话的歌词大意是：“葡萄美酒夜光杯”的夜光杯，也叫“夜光常满杯”（不可能是月光吧），是白玉里的精华，是最上等的白玉制作出来的。小小的杯子竟能装上三升酒或水（容量大于容积，世界上有这样的器具吗），还能在夜里闪闪发光。阳光斜照的时候，即使举起空杯，你也会感觉杯里光鲜美满，汁甜而香。因此这夜光杯是“灵人之器”。“灵人”之“灵”，为动词，让人心灵颤抖啊。夜光杯神奇不。

观玉有禁忌，比如“灯下不观玉”，一则色彩失真，二则体会不出玉的神韵。传说观看和购买翡翠，最佳时间是在上午九十点钟，此时光线斜照，翡翠的本相一览无余。但传说里的夜光杯，却在没有光线的夜里（也许是在月光），现出了它的美丽和动人。看这把酒泉玉仿古壶（一说是仿鼓壶），很普通的样子。但在斜照的光线里（用手电也可），它的纯净的绿，以及散布在动人的绿里的星星点点的墨云，仿佛瞬间被点燃起来，动人动心的，美丽至极。设想一下，在这样的夜光杯里，斟上红红的葡萄酒，光线所至，也许会感觉出一番别样美丽的世界，特别在微醺之际。

因此我想说，文献里用《海内十洲记》里的籽料羊脂白玉来诠释唐诗里的“葡萄美酒夜光杯”，未必准确。倒是生活在祁连山脉的酒泉玉产地的玉匠们，似乎更有资格来注释夜光杯。但是，夜光杯的容量超大以及它的香味四溢且甘美的说法，我想应该是一种主观的感受，或者说是在微醺时的美好诉求。

以上可以用当下网上流行的“热死体”来形容酒泉玉夜光杯历史境遇：从前有个杯子叫“夜光常满杯”，后来杯子丢失了，但却香气四溢，香死了。

2011年8月28日

①《紫砂壶器形识别图鉴》，中国轻工业出版社，2007年3月，1版，65页。

青玉寿壶

美好的生活万年长
——青玉寿壶

这壶几近完美。越看越是。无论在玉料上，还是在构图、琢磨、抛光上。

青玉质，玉质无瑕，温润细腻，水头饱满。色青，有些偏蓝、偏绿。唯壶身一侧有一隐约可见的椭圆形水线（但这水线也似桃子形状）。这壶的构图、雕琢之功、抛光，都一丝不苟，平整、光鲜，活泼而生动。就玉料，就加工制作的技巧、手段来说，这壶几乎无可挑剔。

这壶叫青玉桃壶，也可以叫青玉寿壶。

和一般的玉壶相比，这把玉壶是体量较大的。尺寸为22.8cm×11.6cm×11.5cm。执壶，壶柄为一枝老树桃枝，壶身整体为一椭圆体（似一大桃子），壶颈处由壶柄的老树桃枝延伸至此，浮雕桃树的枝叶及枝叶掩映下出的四个桃子。桃叶为高浮雕，边沿略有卷曲，似在盛夏里桃叶的自我调整，叶脉纹理清晰可见，生动而传神。壶钮高浮雕蟠桃献寿，亦有一仙桃。壶足为平足。

这壶也是俏色玉壶。从柄到颈、肩、腹，到钮，最后至流，褐黄色或浓或淡的，很是有味道。

又是俏色，玉料也好，体量也比较大，加工工艺也精良，器形也是中国传统文化的福寿文化的体现，是对美好生活的祈愿和祝福。诸多因素，都为这壶增色添彩了。这是吉祥的象征，平安的象征，是美好生活源远流长的象征。

桃，在中国传统文化里，是一个极为重要的意象，是中国传统的吉祥物之一，用来辟邪，也比喻长寿。桃是五木之精，也称蟠桃、寿桃、仙桃，据说，“仙桃三千年一结实”。桃在民间传说、文艺创作里是一个经常性的题材和主题。《诗经》里有《桃夭夭》，晋代有《桃花行》的宫廷乐曲；唐寅、张大千等人的书画作品，也见“蟠桃献寿”的构图、主题。书画作品、对联、诗歌、小说、散文……所有的中国传统文艺都毫不例外地关涉到这样的题材、主题。

这个题材、主题在玉行业也恒久不衰，受到从古至今中国人的热情追捧。

这也是中国传统文化的一个深深的恒久的情结。珍惜生命、热爱生活的最现实的追求、向往。福寿文化表面上看是人们向往追求幸福美满、延年长寿、福寿双全；但本质上是中国人的一种生活观、生命观的基本精神指向和核心价值，即对人的生命的珍爱，对生活的珍爱。这样的观念是达观的，乐观的，是没有生命的原罪感。

这显然是一种美好而幸福的生活。

2007年7月4日

白玉荷花执壶

寻常百姓有文章

——白玉荷花执壶

有意无意之中，收藏界的许多人都把玉器分成不成文的两大类，宫廷玉器和民间玉器。时尚一点说，叫庙堂玉器和草根玉器。前者似与高贵、典雅、精工细琢、原料珍稀联系在一起；后者则恰恰相反。贵前扬前，贱后抑后，一直是收藏界的主流。但如果要从纯粹艺术的角度上看，几千年来，民间玉器有许多许多艺术精品。

这把荷花壶，便是一个很好的证明。

壶流前倾而伸，执柄后张而圆，很有力度感，和制作精巧的钮（拱顶半球式的，半球内为中空——而一般的壶钮为实心）一起，构成了一个很大气的器形。壶颈几近平坦（不似一般的玉壶那样呈坡起状），特别突出和映衬了壶盖及壶钮。无足，因此壶颈至足处收得特别陡峭，以此来突出荷塘的深邃。此款荷花壶最重要的特点或者说最主要的长处是，壶身两侧阴刻的池中荷花，或含苞待放，或盛开。这是把中国传统工笔画技娴熟地运用在琢磨工艺上。整个构图大气而流畅，细节讲究，所有的线条都简洁生动，恰到好处。比如，只几片荷叶，便表现出缓缓水波，也表现出茂密的荷塘，还表现出枝叶繁茂的荷花。这样高超工艺是在表明这是在进行艺术创作。在壶身两幅荷花图里，并没有一点水波、水纹的刻画的线条，但却显示出荷塘的繁茂和宁静。壶钮及壶盖似拱形穹顶，似天空。天空之下，人的生命的生存、人的追求应该像荷花一样。

壶身的些许红褐色沁斑，透出老意与古意，为此壶所设定的境界，增加了许多分量。

壶的制作工艺十分讲究，抛光精细，甚至连膛内和钮盖内里都平滑如水。

荷花是中国古典文化里品行善良、高洁的意象，历代人们创作了许多赞美荷花的诗文，来颂扬荷花的品行，比如宋人周敦颐《爱莲说》。实际上，歌颂荷花是在比拟和暗喻人的一种生活状态和人的品行、境界，是在咏颂人的高贵品格和高尚情操，或自拟，或拟人。

因此我想，这也许是一个洁身自好的（或追求洁身自好的人），为了勉励自己或者激励他人而定制的一把壶。若干年过去了，这把壶经过了许多人之手，仍旧以它的精神、境界和品性，而传承到了今天。

这样的境界，很多时候，是宫廷玉器所难以企及和难以表达的。

青玉龙柄提梁壶

生活的美好期许
——青玉龙柄提梁壶

曾经见过一本书，作者介绍自己所藏500多把玉壶和石壶。此书以图为主，附以少量的说明文字。但这些壶依我的看法，大都线条僵硬，造型古怪，鲜有美感，数量较大，几无精品。和文艺作品一样，玉器也有高低细粗文野之分，从料上看，从形上看。和精致、优美联系在一起的精品玉器永远是很少很少的。

这把青玉龙柄提梁壶，怎么样？

首先看，这壶的体形硕大。壶体的宽差不多有25cm，高也超过了13cm；做玉壶比较费料，做这么大的壶得需要多少玉料啊。

再一个，是这壶的造型值得研究。总体评价这壶，应该说是古意与现代、民间与庙堂融于一身。壶身可以视为灯笼形状，还可以视为南瓜的形状，两种瓜都是传统和民间的吉祥物。灯笼的含义，如王其钧在《锦彩纹饰》① 一书里说："宋代时流行一种纹样叫庆丰收，是以灯笼为主题的纹样，配以谷穗和流苏等，喻示着五谷丰登，风调雨顺。" 因此可以叫这壶为倭瓜壶、南瓜壶，还可以叫灯笼壶。最可以叫的还应该是龙壶。壶身的灯笼可以说是龙身，壶柄到壶流、壶嘴为龙头、龙尾。真的是一条祥龙横贯！这壶的含义多棒。

还有一个，这壶不但有个龙头做壶柄（即壶执），还加了一个活环的提梁。提梁提起来，这壶的高度就差不多达到了22cm。还有，在壶柄壶流处，还加了比较复杂的吉祥纹饰。壶钮是圆珠，壶盖饰以变形莲纹。特别是，在壶肩壶口处，还不厌其烦地镂雕了有点“流苏”意思的“栅栏”，很漂亮。

这壶应该说是精心雕琢、费时费工、造型复杂、意义深远的、具有民族特色的好玉壶。

说这壶好的意思还在于，它采用了中国古人对生活的美好期许的表达方式，并以现代思维，比如繁复的纹饰，而成就了一个美好的期许。

写这文章，正值春节将至，是不是很美好。元芳，你怎么看。

2013年1月18—19日

①《锦彩纹饰》，重庆出版社，2007年7月，1版，150页。

第二章

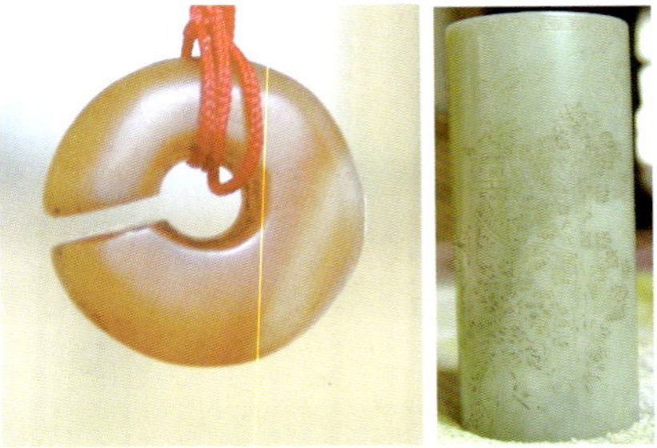

玛瑙玉块和青玉笔筒

美丽的石头

这个周末，春天刚刚来，有点凉，还有不小的冷风在楼与楼之间扫过，拍打着塑钢窗哗哗作响。但春天已经带来了暖暖的阳光，阳光下这钮扣大小的玛瑙玉玦，透着让人心醉的红。

八千年前，这样美丽的红，点缀在人体的哪里呢？

中国人的玉器使用历史，至少可以追溯到八千年前内蒙古兴隆洼文化时期。那时除了玉斧等工具，还有类似模样的小小的玉玦。圆圆的，中空的，还有一处人为的缺口。为什么会是两个圆，中空的小圆，玉玦之外的无限大的圆？这和天地是什么关系？那个缺口，能是大小圆互相连接的管道吗？它们为什么要连接呢？这玉玦，似是一个实在的标识，把小圆、大圆指示出来么？为什么那时的人就能有圆的概念与思维？是受天地、宇宙，天地大宇宙与人体小宇宙的影响与启发吗？圆是不是中国人最早的美的灵动、美的意象？圆体现了和、和谐吗？是大圆与小圆的和谐吗？

完全可以这样去推断，那时候，人对天地、对自己的敬畏，就已经开始了。这种敬畏，含混着好奇、激动，还含混着对外在天地、内心世界的美的估量衡定。

就是说，在东汉许慎《说文解字》记载“玉，石之美者”之前的漫漫岁月里，有关美、有关玉之美的认识，就已经形成了。

有资料表明，人类早期对玉的使用，不仅仅是在中华大地上，美洲、欧洲、澳洲都有。但也仅仅在中国，玉的使用绵延至今，承袭至今。这是为什么？在最初发现美的石头的时候，中国人就把自己对宇宙天地，对生命、对生活的认识，物化在这些美丽的石头上了。而随着视野和认识的逐渐扩大与深化，这玉所被寄托的哲思、情思也就渐次丰富起来，成为一种语言，通用的，不分时空的，也不分年龄、不分男女的共同的语言。费孝通在一次会议上说，中华文化的独特而精微和玉有关。换言之，中华文化的最重要载体，是玉，是这些美丽的石头。这样的想法、做法在世界别的民族是没有的。沈从文在上世纪五十年代初期，对玉器做过系统的笔记，他说：中国的玉雕艺术，是从石器时代磨治石器发展下来的一种特殊艺术。这都是在说，在中国的传统文化、玉文化里，一直绵延着，并传承到现在的，便是对美的认识、美的规范。也许，在世界各民族的早期用玉上，有一点可能和我们古人是相通的，即玉是权力、财富的象征，是财富的显示。但这种财富观念，在美洲、欧洲、澳洲那些地方很快被黄金、钻石、宝石所替代。正像生活在公元前后罗马诗人奥维德的《爱的艺术》所说的那样：我们现在生活在黄金时代，黄金可以买到荣誉，可以买到爱情。而唯在中华文化里，玉器里有关美的内核，被牢牢地固定下来，并逐渐发扬光大而源远流长。这种美，当然是在中国人传统的“道”与“礼”之背景下的美：美丽的大地与星空，美丽的生命，美丽的生活。

把从远古至今所有的玉器标准器摆放在一起，就是一部中国人审美发展史、精神发展史。似乎，中国人把对美的看法、思念、神往、追寻，都寄托在这些美丽玉器上了。更有甚者，差不多从宋代开始，在玉器上，出现了国画和诗词，把中国人的传统审美，美的意象，美的诗意，琢磨在这些美丽的石头上，并且，成为一种时尚，一种雅趣。比如这个青玉笔筒，有画有诗。画是天地山水之间一个人；诗则是这样：“独上高楼思悄然，月光如水水如天。同来玩月人何在，风景依稀似去年。”对生命及岁月的感叹、对人与人关系的沧桑感慨，就这样静静地在这小小的器物上。

初春早晨的阳光真好，体贴地映着这红红的玉玦和青青的笔筒。两个相距亘久时空的玉器，一块儿站在早晨的阳光里，有意暗喻着美，有形展示着如水的岁月。

2009年3月22日星期日

绿松石玉蝉

浮游于尘埃之外的蓝色精灵
——绿松石玉蝉

反反复复地凝视着这个蓝色的（有些泛白的）小精灵，还常常把它放在心窝里、手心里摩挲着（现在才知道，这摩挲是个不可挽回的错误），心里总是暖暖的：它的阴线之美，色泽之美，造型之美，以及斑斑点点的结晶（像水晶一样）的熠熠闪光。这小精灵怎么就那么神奇地来到我的生活里?

这是一枚小小的玉蝉，绿松石的。

包浆极厚。但绝不是时尚的人为包浆。它的包浆像镀了一层薄薄的亮膜，透过光线，便更能感觉出这包浆之厚，之美。

还有那些似乎杂乱的黑色水银沁。

还有那些因为玉质变化析出了铝离子之后，形成的大小不一点点滴滴的水晶体，就那样神奇地镶嵌在玉蝉之体，亮晶晶的。

都是沧桑月岁留下的痕迹。似乎从很遥远的岁月里来，带着它的难以辨识、难以揣摸的历史风尘，其中可能有欢笑，可能有泪水……想象中几千年前有那么一个冰清玉洁的女人，白皙的胸前佩戴着这枚绿色，高贵而美丽。

这枚造型简洁、生动从而大气无比的玉蝉，线条的干净，构图的大气，十足的后现代的意味。

头部有一个对穿孔；头身之间的两侧，亦有两组对穿孔。看起来，这玉蝉佩戴在身，不仅要在上端固定，还要在两侧链接固定。只能是配饰，是组佩的一件。

头部与身体，用的是打洼刀工，浅浅地做以区别。眼睛，是浅浅而明显的阴线，呈“V”形；身体上也用了浅浅的交汇而成的阴线，成为蝉翼（老词不是有“薄如蝉翼”吗）；背部下方，还有短短的隐隐的两条平行阴线，象征着蝉的腹背的结节。

书上说，商代玉蝉常用于日常佩戴，形制古朴，雕工粗放，所用玉料不限于和田，且多用简单的阴线象征着蝉的身体各个部位。

书上还说，蝉在中国文化里地位很高，被视为纯洁、清高、通灵的象征。同时，蝉的生命蜕变而重生，又是人的精神生存的暗喻：即使肉身不在，也能蝉变而新生。

这是多么高贵的礼器呵，是人的身份（这身份，和职位无关，和财富无关）的表征。

和这样的玉蝉生活在一起，该是多么幸运和多么幸福。

小释：

1.绿松石又称松石、土耳其玉，多为绿、蓝色。绿松石里的铝离子（Al^{3+}）决定了其蓝色基调。绿松石怕热，怕液体（如人的体液、酒精等）。接触后随着铝离子等以及内部结构水的析出，便出现褪色、变色，由蔚蓝色变灰绿色甚至灰白色。

2.中国古人认为蝉性高洁，“蝉蜕于浊秽，以浮游尘埃之外”（《史记·屈原贾生列传》）。

2012年9月21日星期日

青玉俏色印章

作为艺术品的玉章
——青玉俏色印章

把印章作为艺术品来欣赏大约是从宋代开始的，据说那时的印章也叫图章。此前此后，印章都有实用功能，说得明白是一个人的记号、标志。印章文化是中国传统文化的一部分，无论它的实用功能还是艺术价值，且这是一种源远流长的文化。但把玉料治为印章，从秦以来，一直为皇帝皇后所用，叫玺。现在如果谁的手里还藏有“玺”的话，那肯定是个很有价值的艺术品了。“玺”存量不多；一般地说，旧玉印却不少。但现在的玉印，不管是白、碧、青玉的玉印，却都许多许多，大都是印面无文的素章、白章，印体也很少有薄意或浮雕，这是为了最大限度地展示玉料本身。当下玉章主要用于欣赏，一是对玉料本身的欣赏，即对玉料的温润感、水头以及色彩等方面的欣赏；一是对玉章的综合性的欣赏，即对玉章顶部的印钮的艺术造型的欣赏，对玉体、印文的艺术欣赏。但是，玉章和石章——寿山、青田、巴林石相比，艺术性及艺术丰富性上要显得弱了许多。好多时候，在这四大类名石印章里，随便就能看见富有创意的艺术价值很高的作品，甚至有时我想，这些四大名石的印章，淋漓尽致地发挥出艺术创造的天才，一点不比现在所谓雕塑大家的运用石头、青铜等材料

“塑造”出来的雕塑作品逊色——比如现在许多所谓的城市雕塑。玉章的艺术形象，主要体现在印钮上。但问题是，玉印的钮，老工单调了许多；新工，也未必有多少新意，大都沿袭老题材。因此，对新工玉章的欣赏，主要还是在造型上，看是否有新的创意，看加工的是否精致、别致，并能充分体现出玉质。

比如这款青玉印章，印钮为一黑青色兼有的貔貅。这是俏色（也称巧色）。这印章印体为青玉，印钮大部分为墨色，只是四爪为青色。印台为倾斜的，上立一青黑貔貅。貔貅为类乎S形状，似正上坡而微微扭身回首。怒目，张起长有獠牙的大嘴，一副凶猛威武的形象。再一个，这貔貅的线条极为流畅，生动传神，像是老道的手段而不假思索一气呵成，充分体现出这貔貅的丰满和玉质的温润。貔貅是中国古典文化里的一个典型意象，是一种凶猛的瑞兽。它嘴大无肛，食物以金银珠宝为主，却从不排泄，有聚财、护主、镇宅的作用。

因此，这款玉章，虽为青玉，但却因其俏色，因其塑造了一个很传神很生动的貔貅，还是具有一定的艺术性。

后来，请篆刻家为我喜爱的印章刻出如此文字：文章千古事。

2007年6月29日

黄白老玉貔貅钮圆印章

关于把玩
——黄白老玉貔貅钮圆印章

在玉器行业里有许多关键词，料、料性、器形、水头、琢磨、把玩等等。其中，把玩是形容收藏者与玉器之间关系的最为重要的关键词。

这是个谈及玉器总会出现的词。

我不喜欢这词。

这是一种精神，一种思维，一个态度，是一种居高临下的不对等的态度，有点轻慢，甚至有点亵渎。按照语词即为现实的观念，这个词几乎是玉器行业几百年来最真实的写实。

早先不是。玉器是神物、圣器、礼器，佩、环、玦、圭、璋等等，是沟通联系天地人三元的媒介，很珍贵，也很贵重。你只能敬畏它，珍藏它。但绝不能把玩。

大约也就是在春秋战国及汉代时期，中国人的态度才有了变化，由敬畏成了把玩。汉代、魏晋南北朝似更甚。那时的人喜欢吃玉，把好端端的玉器碾成粉末，冲服于腹中。

一直到现在。把玩成了主流、主体，主要的精神和态度。

也有人持有异议。清人吴大澄的《古玉图考》里，第一句话就是：

“自古君子比德于玉，非玩物也。”但这样的声音似乎太弱了，没有谁真正地注意到它。

其实，最应该的是欣赏：从心里喜欢，从心里欣赏。还应该去学习、探究：它是敦厚渊博的仁者、学者。在它身上，只要有敬畏、卑谦的态度，就会每天都有新的发现，增长新的学识。

古人说玉，常有“五德”“七德”“十一德”。德是从玉的物理特征、玉的特质中归纳、升华出为人的品行和为人之道。简短点说，玉的“五德”是“仁、义、智、勇、洁”。这是以玉拟德，以德示人。这样的操守品格，这样的修身之道，这样的人生境界，岂可以把玩，只能是敬重、敬畏、仰望啊。

特别关键的是，当一件玉器有缘来到身边时，每一次的相视、交流都会让你有新的发现、新的感悟、新的收获，在玉的内在品质上，在器形构图上，在琢磨技艺上……

这款黄白老玉的圆形印章，尽管印钮上的貔貅栩栩如生，威严大气，刀法技法上纤毫毕现，身上的每一个线条都在烘托着它的“勇”，但更吸引我的是它本身所体现出来的温润如泽。这是一种内敛的，由内到外的油性光泽，像是一个人的气质，黄色的油光，抚摸起来却没有油腻之感，更像是在亲近光滑的绸缎，那种温润直达心灵！

这不是把玩所能有的感觉。

这是在心灵上和玉的相通、相知。

岫岩老玉之黄白老玉。印钮上的貔貅威武雄壮，气韵生动

中国人永远的情结

——黄白老玉俏色印章

昆仑山孕育的两条河流玉龙喀什河、喀拉喀什河流经新疆的和田地区，之后在塔克拉玛干沙漠汇成了一条季节性河流：和田河。喜欢玉的人都知道，和田玉是玉石之中最名贵的，尤其是和田白玉。玉龙喀什河也被称为白玉河，因为那里盛产白玉；喀拉喀什河出产墨玉，故称墨玉河。这两条不大的河，应该被视为中国玉文化的母亲河。

近几年，新疆和田玉（特别是籽料）价格暴涨。其中重要原因，就是经过几千年的采掘，已经没有多少玉矿资源了。查看所有的有关和田玉的资料，没有不这么说的。

但我最近还看到了另外的观点：和田玉资源枯竭，是指现在两条河的河床上采掘不到多少籽料、山流水了。而在几百万年里，昆仑山的造山运动曾使两条河道都发生过三次大规模的改道。遗留下来的古河道的玉矿资源要丰富多了，而两条河的古河道，好像还没被利用过。再一个，有籽料必有原生矿。原生矿在哪里？在茫茫昆仑山上啊——到目前为止，还没有谁在昆仑山脉发现大规模和田玉矿。因此，有人指出：担心和田玉资源枯竭不一定有根据！

按照玉文化专家杨伯达的说法，中国玉文化的主流是和田玉。换句话说，除了和田玉，其他的都不叫玉了。以此推论，和田玉没有了，中国玉文化的源流也就不复存在了。这怎么可能呢?一是，和田玉并不是像有些人恶炒的那样已经没有了；二是，中国人从古至今，从上到下，都有喜欢玉的习俗，这个习俗即使再过千年、万年，也不会改变的。中国人喜欢玉，是一个永远的意识，永远的情结。

但玉毕竟是一种自然资源，是不可再生资源。和田玉也许终有一天会被采掘干净。但在中国，也包括国外，与和田玉成分、结构一样的玉料，还有许多，比如俄料、青海玉以及岫玉中的老玉。和田玉的名贵，是和历代统治者宫廷用玉的示范、倡导有关系。抬杠一点说，如果过去的宫廷用玉多用岫岩的黄白老玉，那么现在就轮不上和田玉名贵了。其实，黄白老玉也是品质相当不错的，温润而有光泽，与当下市场上较为常见的和田糖白玉相比有时感觉“黄色”的味道更浓一些。这款体量不小的黄白老玉俏色玉章，显得更有玉固有的风度：钮是俏色的貔貅，衔着一串铜钱威风凛凛地蹲在印身之上，印身则是长方体（也有一点糖）。如果这印章琢磨精细一点的话，那它真的就是数一数二的艺术精品了。像这样的玉器、玉料，当然也是中国人永远的精神寄托。

2007年8月8日下午—8月9日上午

黄白老玉俏色印章的正面

关于平安扣

平安扣是中国传统的玉饰挂件，是被百姓大众广泛接受的玉器制品，是玉器传统的题材之一，是美丽的饰物。佩戴时贴身润肤，简洁大方。

平安扣的形状很像古时铜钱的形状，又称玉钱，又叫怀古，寓意招财进宝、平安如意。据说古铜钱可避邪保平安，我记得上个世纪五六十年代，还有些孩子在脖子、腰间佩戴古铜钱以祈福求平安。这个习俗，也许和中国人喜欢佩戴平安扣有一定的联系。

佩戴平安扣的习俗，和中国古人喜欢佩戴玉璧也有一定的关系。平安扣的器形实际上是玉璧的一个变体：外圈的大圆，象征着辽阔天地混沌无限；内圈的小圆，是以微缩的空间，暗喻着人的宇宙。平安扣意味着当你的内心与天地一致，便有了伟大的包容和协调，便有了人生的平安和如意。平安扣圆圆的器形，还可以释义为：是一种无始无终的圆满，含藏着天佑的力，凝聚了我们对亲人、朋友的祝福；还是一种变通和圆滑，体现出中国传统文化中的“中庸之道”的人生态度和宇宙观。过去，一直有“戴玉保平安”之说。作为玉石的平安扣，被人认为有驱邪避凶之用，可以戴戴平安，代代相传。玉拥有着自己的生命，在人玉相结合后，玉的颜

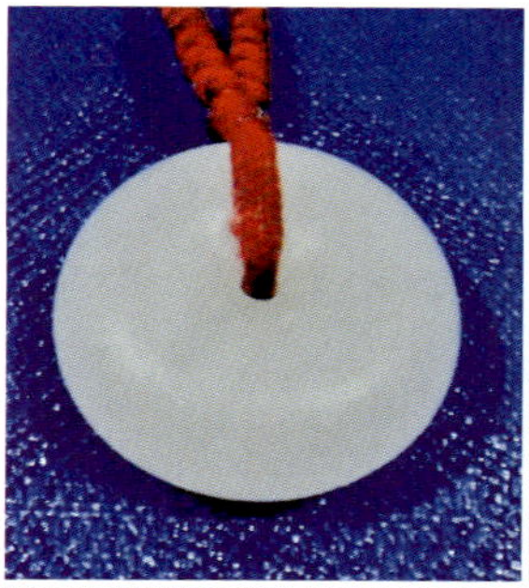

白玉平安扣

碧玉平安扣

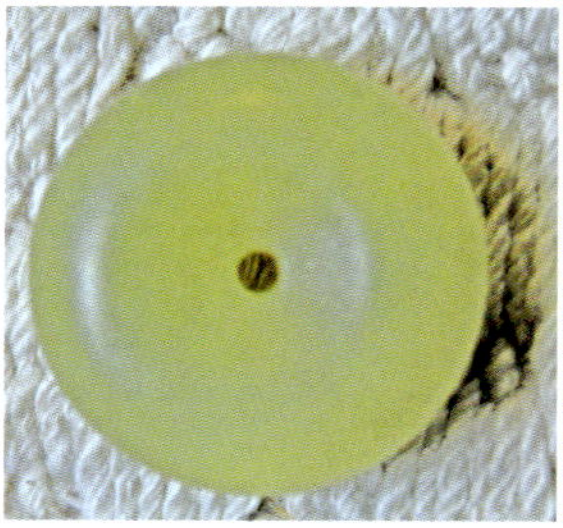

黄玉平安扣

黄白老玉平安扣

色会变得更加饱满圆润、别致典雅，会让你的身体也变得更加健康，也就是所谓的“人养玉、玉养人”。小小平安扣，扣住幸福，扣住平安，岁岁平安，平安万福。

这几款质朴的平安扣，器形简约大方，完美体现玉的天然丽质。玉料有的是岫玉的黄白老玉，其成分构成与和田玉料大致相同。色彩黄澄澄的，玉质温润纯净，打磨抛光精细，非常好看，手感也非常舒服。但因其小了，价格也不高。玉料也有和田玉、黄玉、碧玉和白玉。和黄白老玉平安扣相比，价格自然高一些，价值却都是一样。

其实这黄白老玉，原本也应该是珍稀的。

独玉圆雕《文官》

叙述缝隙的深处

——独玉圆雕《文官》

这些日子，一直在迷恋扬之水的《终朝采蓝：古名物寻微》一书。该书前勒口有文字说：“收入书中二十一题，时代从秦汉直到明清，皆是由名物研究入手，而在文献、实物、图像三者的碰合处复原起历史场景中的若干细节。它以考证为底色，而用了叙事的方式，竟在历史、文物与文学的结合中，使语言成为一种亲切的媒介。借此考古发现而复原的古典记忆……”①这句子笨涩了许多，不好看，肯定不是扬之水所撰，但也大体概括了本书的主要内容。我之所以迷恋这书，是因为这里的叙述仿佛信手拈来，娓娓道出了一些古代器物的来龙去脉，并且，如本书序里所称：扬之水的文笔，“行云流水般，气韵淡远，好像更无我。”还说：“读来仿佛走入一间文人的书房，主人刚离开。想到这种雅致的场景在古今的干戈不息中总是那么短暂，就觉得她精心描述的是一种蕴于物中的理想，是这个文明一直怀想的生活。因为美，所以近乎静止。”这里的“无我”与“静止”，不是“我”的不在，而是时时处处都在，是与所观照的古代器物融于一体，成为心中的惋叹。不像现在许多学术、文学和艺术，还没看到什么，就兴奋地大喊大叫起来，张扬着满世界都知道。这本书说的都是雅物雅趣，极令我阅读舒服，心里总有一股微微动情的暖意。许多识见让我眼界敞亮起来。比如说：“两宋是养育‘士’气，即士大夫气韵的一个黄金时代。士人在世俗生活中，以山水、田园、花鸟，以茶以香为语汇，用想象和营造为自己酝酿了一个独立的小天地。他们在这里收藏情意也收藏感悟，并在感悟中化解尘世中常会有的种种失意。文房诸器便是这一份心之收藏的物化。”这话给我的启示是，在两宋以后才有可能在玉器特别是在玉壶上题诗作画，进行一种纯粹的艺术创作。这样的结论自然还要参照别家的学术观点，比如中国文人画的发展史，这里不说了，旁枝别蔓地叙述，编辑都不喜欢。

这话还有意味深长的地方。比如说古代知识分子在“世俗生活”里（世界上有谁不在“世俗生活”里生活？白毛女吗？狼孩？）以器物及想象建立了自己的“独立的小天地”，关键是，自己的小天地，自己的文化空间和情感空间——这空间当然是四维的而不是三维的，归纳得没错，太对了，太准确了，但却未必是深入的；接着，她说，这样就可以“化解尘世中常会有的种种失意”，也没错；但如果把知识分子对器物的珍爱及寓情于此仅仅看作是为了化解生活里的某种不快，比如缺钱花，比如失恋，比如提升不能，却也小觑了中国文人喜爱书画、山水（自然或人工的）、文玩、古玩等的本质。

这就是说，任何一个概括、结论往往意味着局限、有限。而我们在阅读文字时，最好是透过语言的缝隙来偷窥或说是探究本真、全部。

这对文学、艺术的表达，包括文艺批评，尤为重要。文学创作及评论，便是那种在语言的缝隙里充填和布满了未知的意义、真相，而批评，则是透过缝隙探究那些未知的存在、悬疑四伏的存在。

前提是，语言即为思想，语言是思想的表征。我非常喜欢央视四套的一个片头：心有多大，世界就多大。这张力超强的句子绝不是唯心主义。

我自己喜欢这尊圆雕人物。独玉的。几乎没有独玉高贵的绿翠和天蓝、紫罗兰及透水白，玉质一般。还不是古玩，因此没有古意及其背后的历史暗影。作者无名无姓，不是所谓的玉雕大师。玉无名，其价格也不高。喜欢这件圆雕人物是我把它视为艺术创作，而不是一般的玉器工艺品。整件作品由一块整料雕琢而成。与头肩长度相比，基座及木制底座显得超长，从而突出强调了人物的头肩——这一部分是俏色，一把折扇、一顶黑色文官帽子，面部区域虽小但开脸极为生动。这是一个古代文官，肩部和胸膛宽厚，两眼有神，一把飘逸的连腮大胡子。这是细腻则细腻，粗犷则粗犷的历史定格：一个有着浩然之气、威武不屈的文官仿佛从历史迷雾中挺立而出。

我猜想，玉工在端详这块玉料时，上部的小小的墨绿，紧接着是一点乳白之后还是大体积的墨绿，偶尔心有所动，便把上部小小的墨绿琢刻成文官帽，把一点乳白雕成文官头部和肩部，把下部大体积的墨绿雕成身躯，成为一柱坚实的圆雕。这个不知名的玉工，为什么在接这活儿时要做这样一尊和传统人物钟馗、张飞有着同样气度的圆雕？这首先取决于这块玉料的特性，他巧妙地利用了玉器传统雕刻技艺，用俏色来解决人物身体间的体量、色彩上的对比，以强化视觉上的冲击力。同时，他一定在内心把司空见惯的传统玉雕人物，那些偏重于阳刚大气的人物，积习于内心，走一条别人没有走过的路子。

能让人珍爱的文艺作品，都在表达之中存在着一道道缝隙及其深处。比如这尊《文官》，当你在书房里夜深人静时，静静地与他久久对视，就会开始一段有关生存与历史的对话，或者说，是他在深深地言说。

读《终朝采蓝：古名物寻微》，我就想写本文，标题是：和古人相比，我们的书房缺了什么。但文章写完了，我就不想用这个标题了。

2009年5月11日

本文引文均见扬之水的《终朝采蓝：古名物寻微》，生活·读书·新知三联书店，2008年11月，1版。豆瓣读书上有人评价说："'文人'与'雅士'之不同，区别在于笔墨重心和叙述旨趣。文人写作，志在人生世态；雅士弄笔，精于风景器物。前者不免热血，后者往往淡定。前者入世，后者脱俗。若是依此标准，扬之水先生必是不折不扣的'雅士'一枚了。自然，雅士与雅士也是有所不同的。虽然都是面对器物，王世襄老先生的'雅'是从摩挲亲炙中得来的，扬之水的'雅'是从文图考古中流出的。"

独玉圆雕《屈原》

竖排的繁体字

——独玉圆雕《屈原》

这天是夏历五月初五，端午节。

在读屈原：一是独玉俏色圆雕的屈原立像，一是有关屈原的书。书都是已故父亲王文礼留下来的。作为小镇里小有名气的中学语文老师，年轻时他曾把《诗经》背得烂熟。但屈原能不能背下来，我不知道。在1953年1月由人民文学出版社出版、文怀沙注释的《屈原集》里，我看到了父亲用红、蓝钢笔水标注的各种符号。比如父亲在扉页上标示“53、8、18”及“㊣”[①]等字符，说明了购书时间和地点。这是一本竖排的繁体字的书。我知道，父亲从年轻时就要写一本书，肯定不是小说、散文、诗歌一类的。但他一生大半都在“反右”“文革”之中惶惶不安度过，家里的书买了又烧、烧了又买，何况写书？晚年生活安稳起来，只有《屈原集》这样他所珍爱的几本书还陪伴着他。这时他开始写诗了，把简体字横排成一行一行。

屈原的一生也是颠沛流离。这尊圆雕，仅仅从额头的沟壑、高悬的颧骨、削瘦的脸庞上就能看出岁月的沧桑；而粗大的八字眉、肥大的耳垂（有点佛相）、深陷而微闭的眼睛却显示出淡定从容，也似在思考；微张的嘴，似还在诉说着什么。我想把这尊玉雕命名为“九歌”或者“天问”，还想把这尊雕像看成是农历五月初五那天早上的一个生命的瞬间：这时的屈原，在一夜未眠之后，面对着困扰了他的一生的有关大宇宙和小宇宙的诘问，面对着存在的诘问，似乎清醒无比，满怀喜悦，走向了汨罗江。这件玉雕，是河南省玉雕大师陈朋旭设计的作品。我喜欢这件作品是因为他巧妙地利用了独玉的质地，将整块玉料粗犷地琢磨成大体积的山子形状，且这山子，有天然的薄薄一层的“熟透水白”；而重点突出大体积山子所烘托出的黑色头部，使黑色的墨玉和白色的透水白形成了强烈的反差，让这尊雕像出现了强烈的视觉冲击。中国玉文化的出现，早于汉字，因此就是现在，玉雕行业的因袭守旧也显得比别的行业更彻底。现代性、后现代性的社会思潮，在玉雕那里很难形成规模与时尚。相反，“马上封侯”“刘海戏金蟾”“福禄寿”等等传统造型、纹饰比比皆是。把伟大的屈原作为玉雕题材，至少在我看来是第一次。这是一件向大师表达敬意的艺术作品，这大师，历朝历代的中国人，无人不知晓。我曾建议一个玉雕师，雕一些现代知名人物，比如鲁迅，可我至今尚未见到。倒是见过以二人转、小品大家赵本山为模特的玉雕作品。

屈原无疑是中国文化顶尖人物，是诗人，更是哲学家。他的一生，是在思考与诘问里度过。也许是思考与诘问才让他的生存充满了艰涩；同样，如果没有了思考与诘问，他真的就不会是我们今天所景仰的大师了。清代王夫之撰《楚辞通释》里，有这样的说法：屈原“不忍以清白久居浊世，遂赴汨渊而死”。想想屈原的著述，觉得他爱兰爱草，追求的是“内美”与“修能”，有着人性的洁癖。在重读屈原的时候，我突然意识到，屈原不是诗人，他是一个在焦虑不安的一生中始终在诘问生存的哲学大师，而这样的生存，直逼“内美”与“修能”。屈原的哲学行为有点像福柯，身体力行着，在努力地探询着人的生存的种种可能。

父亲留下的这几本有关屈原的书，王夫之的《楚辞通释》，文怀沙注释的《屈原集》，以及郭沫若撰写的《屈原赋今译》，都是上世纪五十年代初期出版的，那时我还未出生；都是繁体字的竖排本。这些纸张已经发黄的图书，再经若干年，也许氧化为尘埃，连同那竖排的繁体字，成为世人的无法回忆；连同那阅读竖排繁体字时所带来的古韵清香，带来的古意博大，都一同成为过去，成为后人永远不会体悟到的愉悦。

唯这尊屈原圆雕，也许还像路标一样，提醒着行色匆匆的现代性、后现代性以及以后的后现代性：在从前，在很远很远的从前，就有一个人，在思想着这一切。

2009年5月29日

①瓦，即当时的辽宁省复县瓦房店镇。

独玉圆雕童子《富足》

美好和生活万年长

——独玉圆雕童子《富足》

这独玉圆雕童子，有情趣在里面。

玉料为南阳玉（即独山玉、独玉）里的水白、透水白、熟水白，尚未抛光，尺寸大约为14.5cm×9.5cm×8cm。

河南玉雕大师董学清的新作。他为这作品起名为“富足”。有点俗，但联想到我们的文化传统和民间习俗，“富足”也在情理之中。

英国评论家斯特凡·特里尼在《诠释与过度诠释》的导论里有这样一句：“人们逐渐发现，学术研究之所以能不断发生变化和取得进步，乃由于新的词汇、新的概念和新的术语的不断使用——这些新词汇、新概念和新术语比以前的词汇、概念和术语更有用、更有趣、更有启发性”。①拿这样的观点去解释、思考当前社会满天飞扬的新词、新概念、新术语，也就不奇怪了。但“富足”是个老词，和土地、粮食、牲畜有关系，是那些与土地有着深厚情感的世世代代的中国人的心结，是对生活、对自己和自己的下一代、对明天一个美好的心愿与祝福。假如说，这圆雕童子不叫“富足”，而起了一个更当下更洋气更商业的名字，比如“小约翰”或“毛宁司威克”（这是我杜撰的词），其所指便走向了另外的艺术境地。

《富足》造型以圆为纲。帽子、衣服、裤子皆为圆；体形也似浑圆：脸是圆圆的，手是圆圆的，整个身体也像是圆圆的球。圆，易催发联想成圆满、美满、美好，都是吉祥和如意的话语境地。这造型有两处还要格外注意：一是上衣的盘扣（现在很少见到这样吉祥的衣扣了），二是宽松肥大的抿裆裤。两种衣饰，都暗喻着我们的从前，我们从前的生活习惯与生存思维。

这是个憨态可掬、吉祥富贵的胖小子。

按当下审美，太胖了，不好。但《富足》不是，这一方面因他是童子；二是，他是以过去了的（传统的）话语方式对当下生存的一个祈求与期盼，或说是唤醒和表述了我们对当下生存的心情、希望。

这胖胖的小子，胖手托着下巴，两面圆圆的脸蛋可爱地凸现，眼睛微笑，一个惬意、舒适的神态。生动而传神，富有情趣，还有一种幽默的艺术情境。

如此去说，皆源于这里的刀功的简单，只几笔，便形神皆现，或说，这里的线条简洁，而造型及创意十分大气。

《富足》肯定和我们的传统有关：童子在中国传统艺术里一直为重要的文化意象。年画、国画，各种雕塑比如石雕、砖雕、木雕，剪纸、诗词等等，莫无不有。玉雕里，光是圆雕童子，几乎都是男孩儿，战国时期即有，至宋盛行，明清时更为常见。多为持莲、骑兽、手捧如意（元宝等），或随老者现身于桃花源似的山水之间。童子和天真无邪、美好善良有关，和未来有关。

美国评论家J·希利斯·米勒有本书，叫《文学死了吗》，书中说：文学现在和将来永远不会死亡，因为这是人类永远的需要。假设一下，人类走到现在，没有了童子《富足》这类艺术话语的存在，会是什么样子呢！

其实这也是常识。

2009年7月12日

①[意]安贝托·艾柯等著《诠释与过度诠释》，生活·读书·新知三联书店，2005年11月，2版，13页。

花玉圆雕《孔子和老子》

生活里的大师

——花玉圆雕《孔子和老子》

这是一对人物圆雕。

材质为岫玉，岫玉里的花玉。花玉是一种很特别的玉种，是岫玉里的一个大类。生活里有许多价值不菲而价格偏低的玉石，花玉即为一例，原因是花玉的产量太大。世界上已被发现的体量最大的玉石是花玉，大到无论动用什么运输工具都难以搬运的程度。

花玉的质地绵软，适于雕刻。更重要的是它的色彩，五彩、七彩，连八彩十彩都有，顶丰富，天生就有艺术气质。这组人物圆雕按惯例用的是传统的俏色手段，将玉料里白中偏黄的部分雕琢成人物头部、手；而将玉料里青黄部分（带有星星点点的褐红）雕琢成人物的身体。

俏色好的玉器，常常让人产生“巧夺天工”之感。

这组人物圆雕，立者为孔子，坐者为老子，是一块玉料所制。都是两位先哲的年迈生命阶段，长髯飘飘，衣着飘逸，淡定从容而慈祥。这也是生命的飘逸。

罗丹认为，雕塑人物首先要全盘考虑总的动作；因此解读人物雕塑，第一个也是要观察思考人物的动作。尽管这仅仅是人的生命的瞬间状态，但被凝固起来，也就以瞬间暗喻着永远。这就是说，无论怎样的人物雕塑，在特定的时间空间里都呈现一个动作一个姿态，而这个姿态，很可能是此人一生的生命写真。这孔子和老子，不是么。

圆雕孔子、老子的姿态在于手。孔子是以手指轻点脑部；老子则飘逸地以手指来抠耳朵，有点大开视听的意味。和那种把许多内容隐匿于人物之中的雕塑不同，这组圆雕，以生活化的细节：指点脑袋、轻抠耳朵，把两位大师彻底生活化，彻底百姓化，直观而世俗，也可以说有点太靠近生活了。但这样的姿态，还是让我们感到熟悉与亲切。就艺术表达而言，这是将我们再熟悉不过的生活细节陌生化，让我们初见两位大师时疑惑与陌生，又熟悉万分，甚至不敢相信自己的眼睛。陌生化本质上是一个艺术化的过程，也是一个生活化的过程。

这是在解构大师，或说是还原大师。

原本大师就在生活里。或者，还可以极端地去说，生活里每个人都是大师。

这不是被命名被职称评定被媒体捧出来的所谓“大师”，这样的人不会影响和改变我们的生活。真正的大师才能引导和改变我们的生活。

因为唯他们才会思考，才有思想。就像法国的福柯，好像在用自己的血肉之躯，勇敢地探索着人类生存的种种可能。

孔子、老子还用说吗？

他们就这样如此平常，一如我们一样，可以抠耳朵、敲脑壳。但他们又那样地不平常，让我们到了今天还很景仰与敬重，让我们在内心深处对他们充满了敬畏。不似现在的许许多多的“名人”及“大师”，嘴头上我们不敢说些什么，而在内心深处，却充满了疑惑甚至是鄙视。

2009年9月12日

木鱼石圆雕《把酒问青天》

寂寞的李白

2012年3月，网络流行一组“杜甫的一天”的图片，恶搞中学语文课本中的杜甫：诗人杜甫时而持枪，时而挥刀切瓜，时而骑白马，时而脚踏摩托，时而为NBA球星，时而使用iphone，时而为摇滚青年……杜甫由此突然在网络爆红。关于他的涂鸦图片在微博上疯转，引发了网络热潮和集体围观，被戏称为“杜甫很忙”。说了杜甫，就不能不说李白，他俩常常并称为“李杜”，比如名句“李杜文章在”。杜甫在网上火了，李白咋办呢？

这就是李白的一座雕像，叫“把酒问青天”，也叫“金樽空对月”，还可以叫“举头邀明月”，等等。作者是岫玉名家刘宝玮。看看神态就知道杜甫在网上蹿红时李白是寂寞的。这雕像的材质是淡灰色的木鱼石，其后的“背光”则是这木鱼石的黄色皮子，底座是岫玉，雕琢成山石的形态：李白着圆领袍衫，头戴幞头，幞头的两角像海军的飘带，脚穿翘头圆头乌皮靴。黄色的“背光”，灰色的雕像主体，淡绿色的岫玉基座，很和谐很“搭”很好看。有点俏色的味道。最近，有人说瑞丽翡翠工艺最主要的特色是俏色。但我知道，岫玉加工工艺的老早的特点就是这个俏色。这座雕像还在一次正规评奖中获得了“最佳工艺奖”。这样的构图，特别是李白身后出现了“背光”，是把李白当作神灵了。李白也是诗神啊。李白高举着酒杯，头部仰天，微闭双眼而神色肃穆，应该在思考什么，和诗有关，和生活有关，和生命有关，和天地有关。“把酒问青天”也好，“金樽空对月”也好，“举头邀明月”也好，都是在思考这些问题。作家、艺术家必须是思想家，他的作品，必定是思想的载体，思想才是他的作品的生命力和内在的核心。这座雕像，不是恶搞式，不是调侃反讽式，而是正式的、正面的，甚至说是正确的。在此显示出李白的寂寞。李白的一生，作为一个诗人，是幸运的，毕竟在生活的起伏中攀登到唐朝诗歌的最高峰。但作为一个思想家和诗人，他又必须是寂寞的。唯这样的寂寞，才能走向诗的高峰。因此，说“杜甫很忙”，更应该说他思想很忙，好像这样才有专业水准。

董桥说：“我平生贪玩这些小文玩小字画，视觉上审美乐趣自是追寻的目标，再者则是补一补自己贫乏的学识。”我拿这话来自勉。但这座雕像不该算成“小文玩小字画”，而有一个大主题，也可以说是艺术上的“大制作”，也是对我们的大提示：古典诗歌已经成为中华民族的文化基因，无论何时，无论你察觉与否，它都在暗暗地校正我们生命的航帆。

岫玉圆雕《舞》

艺术：疏离世界与重返世界

——岫玉圆雕《舞》

这是个线条抽象、造型夸张、动感鲜明的玉雕作品，出自岫玉名家李伟之手。

在岫玉里，这样的玉雕作品并不多见。白菜、花卉、吉祥或可爱的动物（包括想象的貔貅等）、山子……且线条、造型多为传统样式，成为玉器市场的主打。这个《舞》，初见时曾让我眼睛一亮。

《舞》显然是舞蹈，是舞蹈里一个动作瞬间，一个女性的“S”形的舞蹈动作，很优美的样子。可能在别的领域里，比如雕塑、绘画、摄影，这样的艺术瞬间造型实属平常，但在岫玉里还是比较少见。曾和岫岩的有关人士探讨。他们的说法是，面对一块玉料，在构思作品时常常想的是市场因素，怕的是创作出来非传统题材的作品不为市场接受，只好保守起来。这可能是岫玉当下艺术表达的一个主要问题。想想可能还有别的深层次问题，比如艺术含量和艺术素养问题，比如艺术思维问题。

这件玉雕作品，用的是岫玉里的花料，色青，带一些墨黑。这样的玉料，通常被视为废料，黑者脏也。但作者在此大胆起来，尽量让这墨黑，成为作品里的头发，成为贴身衣裳里的花色。更重要的是，这块料因青色，因墨黑，因线条和造型，而有了生动的生命迹象。我一直认为，被视为岫玉里档次不高（相比于老玉、黄白老玉、河磨等）的花料，因其色彩缤纷和油润光亮，应该说是最适合于艺术创造。

这是一个女孩的造型，还可以说是她的一个剪影。视觉上这是一个别具一格的意味深长的艺术形象：线条和造型简单却流畅。我们在舞蹈、滑冰、歌唱……里经常见到。联想起来，这样的状态一定和热情洋溢有关，和自由奔放有关，和青春与美好有关，和生命之美、动作之美有关。称之为“舞”并不为过，称之为“生命之舞”也还恰当，也还可以称之为别的同样美好的词汇。美国评论家桑塔格在她的著作《反对阐释》里说：“全神关注于艺术作品，肯定会带来自我从世界疏离出来的体验。然而艺术作品自身也是一个生气盎然、充满魔力、堪称典范的物品，它使我们以某种更开阔、更丰富的方式重返世界。”①斯言极是也。

2011年10月18日凌晨

①苏珊·桑塔格《反对阐释》，程巍译，上海译文出版社，2003年12月，1版，33页。

黄白老玉圆雕童子《锣鼓福晋》

黄白老玉圆雕童子《锣鼓福晋》的局部

有关常识的种种说法

——黄白老玉圆雕童子《锣鼓福晋》

没有谁怀疑眼前这圆雕童子的材质是黄白老玉。这是常识。我们可以说它的密度稍弱了一些，还可以说它的色彩不够鲜亮。但是如此大的体量，以及雕琢成正在敲击腰鼓的童子形象，都在确实地显示出黄白老玉本身固有的种种特质，在显示出黄白老玉作为一种独特的玉种所特有的尊贵，以及用这种尊贵雕琢出来的作品所特有的价值和意义。

实际上我是在强调常识,玉的常识。

关于常识的想法，我是受法国理论家安托万·孔帕尼翁所著《理论的幽灵——文学与常识》这本书的启发。依我的看法，这本书在阐释文学的“十万个为什么”，即什么是文学，什么是作家，什么是作品主题，什么是阅读，什么是风格，什么是文学史，什么是价值，等等。客观上这本书以当下视角与思维，力图叙述文学的林林总总以回归文学，回归文学的原点、原初，即回到文学常识上。

很多时候，我们议论和进行文学行为的时候，忘记了常识，忘记了文学的原本。其实，生活里不仅仅在文学方面我们经常忘记了常识，在许多方面也经常忘记常识。比如设计和建造大桥时，就应该考虑到桥要行人，还要过载重的汽车甚至火车。再比如，“糗百”上有糗友说，春节假期在家本想好好享受，但邻居是个唱歌爱好者，竟K歌狂欢。无休无止的弦律或叫噪音搅得他寝食不安、心焦思乱。下楼拉下电闸，人家也下楼推上电闸。我和他有同感。今年这个春节我为邻家不舍昼夜似乎永不停息的钢琴声严重折磨。报警？找物业？找保安？其实我对古典音乐的种种酷爱，已经远远高于酷爱了，并且，我还曾恶狠狠地想象，如果中国有更多的人喜欢音乐，社会素质将大幅度提升。但在这个春节，我开始十分厌恶钢琴，厌恶什么古典音乐，哪怕是钢琴的一个音符，都让我头皮发麻，心脏狂乱。

K歌者、弹钢琴者都忘记了常识：不管什么音乐，都会影响邻居。这是常识。遗憾的是，常识被我们忽略或忘记了。比如，做人的常识、做领导的常识。

这个春节，在邻人的躁乱的钢琴声里，在想象中“糗百”的那个可怜的糗友纷乱的心情中，我还是静下心来，相对这个安静的击鼓少年。

这个玉雕的主题非常明确：欢乐。生活、生命本该是欢乐的，本该是高兴、愉悦和幸福的。这个少年童子，留着一撮毛的少年，就是象征着欢乐与幸福。从前，我们的传统也是如此表达。玉雕少年童子，还有另外的深远意义，和以后和未来有关，和吉祥和祈福有关。

这玉雕童子，身体的大部分，是淡淡的黄白老玉；腰鼓、手足部分，以糖色为主，是俏色工艺；童子脚下是一块巨石，瘦石，嶙峋古怪，和风蚀雨淋有关，和岁月与生命的苍老有关，因此可以理解为永远的欢乐。还有那些如意纹、蝙蝠（福也）纹，也都是传统的吉祥纹饰。这是一个古意盎然而吉祥的玉雕作品。瘦石之后，还有一束兰花，清洁高尚的人品之喻：心地纯洁，才品行端庄，才具备吉祥幸福的必要条件。想想也是。

以上的叙述都和玉的常识，和传统文化的常识，和如何为人的常识有关。

春节的生活，周边是无际而喧闹的钢琴噪音，内心却必须守着一份宁静和对生活的思想与企盼，坚守着原本与常识，而不去抱怨当下常识的丢失，唯此，内心就有了充盈的满足。

这玉雕《锣鼓福晋》，通高竟有28cm。

2013年2月15日

黄白老玉圆雕《呐喊》

我也要大喊大叫了
——黄白老玉圆雕《呐喊》

这是一个让我特别想看又不太敢直视、凝视的黄白老玉摆件。他让我想到了痛苦、沮丧、不安和躁动，也让我联想到了激动、抗争、拼命和希望。在林林总总的玉摆件里，我还是第一次见到如此让我不安和震撼的艺术作品。

我们所能见到的玉器，无论大件小件，几乎都是我们熟悉得不能再熟悉的题材了。桃子、苹果、貔貅、蝙蝠、金蟾、观音、佛……样式也都大同小异。传统的题材在玉行业里是主体，更是习惯。据说见到了一块好料，设计和制作者首先考虑的是这块好料适合做什么样的传统题材；而一般的消费者，追捧的也是传统题材。有时我极端地想，好像当下也没什么像样的现代题材的玉件，值得我们特别地欣赏；我们的玉行业，在观念上，在表达上，是保守和落后的。但这个玉件却有点另类的意思。这是由青年设计师卢伟和他的灵石玉器厂所创作出来的作品。最近一段时间里，他们试探着创作出一批类似的作品。这些玉件，突破了玉器传统题材的局限，也深化了传统玉器的表达。

我把这个摆件命名为“呐喊”。因为第一眼看见他，我就想起了鲁迅的小说集《呐喊》。这是一个光头、上身赤裸、下身穿着抿裆裤的中国男人形象。他右手高擎着沉重的镣铐，左手扶着拖沓下来的肥大的裤腰。他正在仰天长啸，紧闭的双眼、朝天的鼻孔和张开的大嘴显示出无比的痛苦和愤怒。他似乎在用尽最后的力气。从器形上看，这个玉件，和油画家罗中立等人最近一些年的油画，和当下颇有影响的黄河泥塑的艺术造型，存在着一定的渊源关系，即以中国化的民间化的方式，艺术地再现了生活。在传统的玉行业里，人物形象——如果不算宗教人物的话，历来是个稀缺的题材，况且这种题材一般的主题都是祥和与祝福，而缺乏当下性和深度思考。这件作品提供给我们一定的思考空间，至少让我们感觉到了一个活生生的生命存在状态。这样的感觉，应该是直观的、具体的。开个玩笑说，如果在家里受老婆的气了，我们可以拿着这个作品给老婆看："尽管我挣钱少了，但我已经累成这个样子了。"往大里说，这是一个千百年中国男人的形象：背负着沉重，却一直在勇敢地追寻。

我还想把这个艺术作品视为整个玉行业的一个隐喻：玉器不应该再是工艺品而应该是艺术品了；也不应该是琢磨、打磨和制作而应该是艺术创作了。2005年，我曾参观过在北京举行的《意大利文艺复兴艺术展》，那里的木头、大理石、青铜都成了艺术品，而我们的玉料，从材质上看，不比那些东西高级多了吗，我们为什么不敢叫艺术呢！

黄白老玉圆雕《呐喊》

火石青圆雕《相声》

寻找那天籁般的味道

——火石青圆雕《相声》

他们就静静地站在我家案几上。案几很长，上面杂乱地堆积着书、笔、茶具、石头和香烟。他们是相声演员，相持在他们中间的一个道具桌子的两边。他们一高一矮，一瘦一胖，一个老式“中分”，一个光头，一捧哏一逗哏。他们一个头形圆圆的，像个西瓜；一个头形长长的，像个冬瓜。他们都有扇风大耳，左胳膊或袖手或背向，都着掩襟长衫。高者右手握拳于腹前，矮者右手持道具小扇子。多么好笑的组合啊。

这是中国传统艺术相声表演的一个瞬间，造型与线条有些夸张也有些写实。这也是中国传统文化的一个意象。

形体有些像相声大师侯宝林和郭全宝。

此刻，像谁都无关紧要了，重要的是，他们在说相声。这个在过去，曾经给中国人带来笑声和快乐的汉语语言艺术，当下似乎风光不在。这个美好的艺术形式，以声音、表情、动作，通过我们的视觉、听觉，带着快乐抵达我们的心灵。人的生命，或说是人体，多么神奇啊，有眼睛、鼻子、耳朵和嘴，能听、能闻，便有了听觉、视觉、嗅觉和感觉，便有了“品味”——这个神奇的“品味”会让我们在电影院、剧场、茶社、美术馆……感觉出生命存在的美好和快乐。“品”可不是生命的可有可无，生命存在的滋润、自由、快乐，很多时候，或说是绝大多数的时候，来源于“品”。品，首先得清空心灵，就像喝茶一样。我的体会是，须得一段没有什么心事的时间，这样的时间还得相对地漫长一点——比如不能在楼下有人等你去应酬而你在匆匆地喝茶。静静地舒缓地沏茶、倒茶……喝时也慢慢地，去寻找和品味茶汤里那天籁般的味道。那陌生的味道像是突然而至，让我们的感官以及心灵大悦。在美术作品里，包括玉雕，在音乐里，在戏剧里……我们会寻找和品味那些美丽的线条、造型、色彩、旋律、味道……来滋养我们的心灵。许多时候，那些仿佛是上天赐予我们的味道、声响、色彩……真的需要我们静下心来去捕捉、去感觉。一如案几上的这个玉雕作品。

我称这个玉雕作品为玉雕组合摆件。两个单体玉雕人物，组合时形成了新的意义。这是岫玉的一个品种火石青。那个道具桌子，是通常我们所说的岫玉。我自己非常喜欢火石青，通透的墨色，有些墨玉的感觉。特殊的玉材，特别的造型，便成为我们眼里的一个传奇，成为我们文化的一个符号。他们就静静地站在我的案几上，以他们特别的肢体语言、特别的表情，传递出一种特别的味道。这样的味道，和生命有关，和艺术有关，和我们的心灵有关。

这《相声》，是岫岩卢伟的作品。

2011年11月2日晨

火石青圆雕《闯关东》

北方的个性与气度

——火石青圆雕《闯关东》

这组玉雕，由父亲与儿子两个人物构成，卢伟命名曰“闯关东”，显然是受前不久热播的电视连续剧《闯关东》的启发。这父子俩穿着长褂，背着褡裢，身体前倾着，似乎在吃力地前行。从他俩那略略有些夸张的造型上，比如大鼻子、大耳朵、大头颅，比如动感强烈的动作，能看出他们是北方人，东北人。父子俩的双手，都裹在衣袖里，标明了季节也标明了地域。在北方的冬天，父子俩背着干粮，在闯关东的路上。

可以断定，卢伟在琢磨这两块一大一小的火石青玉料时，便设定了这两块玉料成形之后的特定内涵：一对父子在坚定地走向北方；儿子那里，尚有些疑惑，终点的北方在哪里呢，是什么样子呢?

假如这组玉雕是另外的命名，比如说，“在路上”“生命”“父与子”……其内涵可能更深广一些，也许还存在着另外的艺术效果。我曾经和一些玉雕师探讨过玉雕作品命名的意义。假如有一个很有个性的玉雕人物，可能是一个变形的人体，命名为“屈子”或“生命”，那么这个玉材就会获得固定的也可能是有深度的艺术效果。

因此我喜欢把这组玉雕命名为“在路上”，而其背景，可以设定为闯关东。

这组玉雕，造型生动传神，形态、神态均如此。有一点夸张变形的味道，但总体上还是写实的，是闯关东的漫漫生命之路上一个顽强的缩影。看孩子那略略仰起的脸，张开的嘴，似乎在诘问。而父亲，略略颔首，现出一丝笑意却紧抿着嘴唇，甚至眼睛都未曾睁开，也许他早就胸有成竹，也许他也不知目的地在何处，但他却安详地领着儿子，向前迈着脚步。

这里的每个玉雕人物，独立地摆放并命名“闯关东”或“在路上”，不是不可以的，都会获得独立存在的价值，比如孩子独自闯关东，大人独自闯关东。但玉雕师用一个石座，将两者放在一起，便有了更为人性化的更深广的内蕴：这是人类代代相承相继的理想，为了生活更幸福，为了生命更自由，而在生活的路上有目的或者没目的地前行。

这是人类生存与发展中必有的现象：迁徙，也是奔波、行走。过去如此，现在也如此。

而这组艺术造型，线条的运行那么大气，那样的粗粝，因此有了动感，因此而获得了艺术生命。和玉雕行业里的京作、苏州功、扬州功，以及现在流行的上海雕功、河南功都略有不同，可以称之为“岫岩功”。这是一种具有中国北方气度与精神的玉雕工艺和玉器创作。“岫岩功”当下还很稚嫩，但已有了萌发，有了勃勃而起之势。

2010年4月5日

岫玉圆雕《老人》

瞬间的历史 民族的心跳

——岫玉圆雕《老人》

1

正在读一个女作家的小说，上世纪三四十年代的。那时她还年轻。写性写情，有声有色的。被现在大学里的研究者以为是张扬个性，张扬女性主义。女作家写这些小说大都在日本人大举侵略中国的时候。日本人为了在中国的长安久治，也竭力倡导着奴化文化。这个女作家曾被视为汉奸文人而被边缘化，一是她的小说在民族灾难深重的背景下没有丝毫的民族气节与精神；二是她的个人社会行为疑似在响应或至少说暗合了侵略者的文化要求。

这人我认为不宜有过高的评价，不论什么时候。况且，她的小说文本从哪个角度去看也没有多少艺术创新，或说艺术价值并不像现在有的人评价得那么高。

2

阅读这些我并不怎么喜欢的小说的时候，有意无意之中，就看见我的案头的一尊塑像。心情沉郁时，就凝视着他：一个老人，额头、面部已经被岁月犁开了一道道沟壑。圆领的布衫打着补丁，那鞋也是如此。这是一个乡村老人。此刻他在倾听，右手掀动着右耳在尽力地听着什么：凝视的眼睛、斜歪得已无法拢合的嘴、下垂的脸颊，都在表明，他的注意，他的全部生命都在倾听。似乎，与我对视时，他总在问我："什么……你在说什么？"

老人坐倚在巨石之中。巨石是岫玉的贾翠，乳白与深绿交相映衬着；老人材质是岫玉的绿色蛇纹石，不那么纯净，深绿与浅绿斑驳不齐。这造型的别致在于，仿佛天然般地将一般的玉质（玉器行业通行的说法是：料不好）构思和琢磨出极有视觉冲击力的艺术品。

玉器的人物圆雕艺术，从早期开始，比如红山文化、三星堆文化，到现在，有一条耐人寻味的发展线索。早期，想象力丰富大气，线条和造型极具夸张，所有的人物几乎都是想象出来的神；但从封建社会开始，可以说到现在，跌落为一种世俗的写实，即依据生活的人物而描摹出来，线条拘谨，想象力匮乏，比较典型的比如宋代的持荷童子，明清以降的渔翁得利……这些圆雕人物的线条与造型，都有鲜明的生活依据，同时也都被赋予了人间的世俗情怀：大都和生活的福禄寿有关，艺术表达大都雷同，题旨表达大都单一、明确。只是在最近一些年里，玉器的人物圆雕，有了真正意义上的艺术突破：主要是，线条与造型有了新进展，进入了艺术创造的境地；所表达的题旨、内容，开始深远起来，即有了对人类生命存在本体的思虑。

卢伟设计制作的这件圆雕人物，即是如此。

老人的表情很复杂。很难说是喜悦，也很难说就是企盼，不像是焦虑，也不像是平静。只觉得那已经有些混浊的眼睛在努力地睁大，那面部肌肉似在生动地蠕动。他一定是在等待，等待对他这样有些聋了也许不聋的人来说，肯定是值得倾听值得等待的事情发生。

也许，仅仅就是为了倾听远方的风。

还可以想象，在过去了大半个沧桑岁月之后，老人依旧在等待着，在矢志不渝地寻找着生命的奇迹，在努力地创造生命的奇迹。

这个高20cm多的圆雕玉人，把一生的生命定格成一个瞬间：等待与寻找。

3

玉雕分技术与艺术两个层面。在技术上这件人物圆雕线条粗粝、抛光也不太精致，特别是一些旮旯处，整体工艺尚没达到精致水准。但从艺术上看却很具创新精神：再现了普通中国人的生命存在，生动而传神而传统。卢伟这些年来雕刻了许多类似的圆雕人物，都从生活而来，都具强烈的民间情怀，都用那些夸张的线条和别致的造型，表现出中国人的生存状态，表现出传统的、民间的生活精神。

4

我知道，我所阅读的这位女作家，在上世纪的日伪时期，在沦陷区，是个走红作家，稿酬不会太少，生活不会不安逸。但这些小说最本质的问题是：在整个中华民族陷入灾难深重的历史非常时期，在其中很难感觉我们整个民族的心跳。卢伟的这件圆雕老人，这些普通的本质上的中国人，如果恰好生活在那个历史时期，他的倾听与等待，是不是会获得更另外的意义？会不会给我们以别样的感觉？

艺术，真正的艺术，完全去咀嚼个人的小小喜悦与悲凉，是远远不够的。这是一个大艺术家说过的话。是谁说的？鲁迅？还是别的人？我忘了。

2009年4月6日

岫玉圆雕《东北老农》

生命的雕像

——岫玉圆雕《东北老农》

这玉雕人物，一看就是北方的农民，且一看就很难忘记。

主要原因，我看是它首先透露出来的沧桑感。

是利用这岫玉玉料本身的黑、绿相间的特点。这种玉料，都知道几乎为“废料”，色彩不纯，分布也不均。但把这色彩巧妙造型为对襟棉袄、抿裆棉裤及棉帽子，并用粗犷的刀功刻画出这老式棉衣、棉帽子，老式烟袋锅子及皮烟袋，老式的圆口布棉鞋上的褶皱，就征候成褶皱之后的暗影，包括泥土的痕迹、油渍斑斑的痕迹……

沧桑还写在这老农的脸上。脸这一块儿的玉料，白色，和整个黑绿相间的身体部分的玉料相比，十分突兀，因而也格外醒目。这开脸也用粗犷的线条，细腻地刻画出一个饱经岁月的老人，瘦骨嶙峋的脸形、满脸的皱纹、失神的眼睛。

无情的流失岁月都在这老农身上了。

他在做什么？他在想些什么？

可能是在自家地里踱步；也可能老得已经走不动了，正在自己的草房门口晒着冬日暖阳。但老习惯还在：不离身的大烟袋、烟锅子，总是把双手袖在宽大的袖筒里，一是取暖，二是双手绞在一起——在思考着什么。

是在想儿孙？是在想这个冬天如何度过……或者，什么都没想，只是在享受着宁静山村里早晨的那一缕暖暖的阳光？在享受劳碌大半生之后生命的最后宁静与满足？

问题是：老人的眉头始终在紧锁着，安详的紧张。

这是一尊令人敬畏的生命雕像。

巧妙地利用了玉料，用着粗粝大气的刀功，用着俏色的手段，把传神与生动表达出来了。

这雕像写出了北方。写出了一个苍老生命的存在：大气与尊严。没有谁会在这尊雕像面前无动于衷，除非他没心没肺。我们从哪里来？我们当下如何？我们将向哪里去？他会给我们答案。他以无言即大言的方式告诉了我们。一个人的存在，其实并不需要太多的语言，说自己如何如何，就像当下的广告与市场推广。这种极端且有些无耻的营销方式常常没有实事求是，因而误导了社会，也伤害人的存在与发展，甚至有可能破坏人的基本生存的伦理底线。其实，生命只要存在，就有他存在的方式，像这老人，默默地守护着存在的尊严，勿需多嘴。

这刀功，还透露出来了中国北方的冬天和大气，也可以叫“岫岩功”。

火石青圆雕《母与子》

忏悔记

——火石青圆雕《母与子》

凝视面前的这尊岫玉火石青圆雕，想到了母爱，想到了呵护，想到了母亲为我们所做的一切。

这圆雕所表达的主旨十分明确，直接。并且，几乎用的是超写实的刀工。玉雕行业里人物动物的开脸，我觉得是一个突出问题：不太重视造型的真实，也不太注意神态、神情乃至精神的表现。这圆雕不是。大猩猩的母亲和孩子坐在一大一小的山石上，孩子在母亲的怀里侧身侧头，似乎若有所思；母亲双臂环拥着孩子于胸前，目光却朝向遥远的前方；母亲的左手和孩子的右手连在一起。

这是个动人的生命瞬间。因超写实的刀工，形象的逼真、构图及造型的逼真、神态的逼真，而能让我们立即回到那已经被我们忽略甚至漠视的生活现场：我们曾经并且现在依然拥有过的、承受过的温暖、仁慈和永远的无限爱意，我们有勇气有毅力面对生活种种挑战的力量，我们总是在难过、沮丧、失望时最想返回的地方，我们总想把喜悦、快乐、幸福分享的那缕牵挂，我们从未想过以自己的全部家当和心血去回报、感恩的那方默默无言的心灵天空……

这是个有着生命悸动的玉雕。因它的形象生动和传神，因它传达和显示了人类存在的应有之意——这个常常被喧嚣和躁动而遮蔽了的既为伦理底线又为无比伟大的母爱，而让我们重返伦理理性。

没有谁不需要这个。

这都源自于这尊雕像的真实力量。

“文革”结束后不久，巴金在《随想录》里就呼吁：说真话！生活里要说真话、实话，艺术也应该如此。“真实是艺术的生命”的说法，这些年几乎成为我们忘却了的艺术公理。看看我们现在的艺术，有多少没有真实感，却注满了水分。这样的作品如何让人信服，如何能感染、打动、启发人？而这尊圆雕，能让人眼睛一亮、记忆深刻、思想远长，实际上就是回归到一个最普通的艺术常识：真实。

我为这尊圆雕起名为“母与子”，是希望我自己能回到生命伦理的原点，即回到生活里的最最常识的那一部分。就是在那里，人性原初，真切而又质朴地存在着，并照亮生活的一切。其实，还有许多命名可以用于这尊圆雕，比如：“爱”“呵护”“母子情深”等等，都不错，但都是从“母爱”这个原初起点而引申的。

这《母与子》的玉料，块头较大，且墨色纯正、透澈，硬度较好，用于雕琢这母子俩，十分匹配。

《母与子》为卢伟两年前的玉雕作品。

2010年5月16日

火石青圆雕《背书包的孩子》

孩子是未来与福祉的象征

——火石青圆雕《背书包的孩子》

这款圆雕童子，为玉雕师卢伟的新近作品。

玉料产自岫岩县的偏岭镇，一般人称之为火石青。偏岭是岫玉老玉玉矿所在地。火石青抛光以后油亮漆黑、洁净，比和田墨玉、黑色翡翠感觉更敞亮、水头透澈。火石青和岫玉相比没有失水现象，是岫玉里料性独特、审美效果上佳的上好玉料。

这童子为16.5cm×13.5cm×0.85cm。突出的是倒葫芦型的大脑袋，乍看起来有些惊入眼帘，再加上脑袋上的突出的两颗门牙（老百姓常称之为“暴牙”），和厚厚的上唇，和一双大大的“招风耳”，首先给出一种极丑的视觉效应。

但这丑的造型却无法让人产生厌恶、仇恨、躲避的效果，而会产生出可爱、好玩、开心的审美愉悦。原因有二：一是童子是传统玉器的器形，流行于宋代而盛行于明清，多为祈子（多生男孩）、祈福、招财等指称，为中国人的传统人口观念和社会理想的深层表达。至于孩童的童心童趣和天真无邪，是这指称结构里的浅层表达。因此，童子作为中国传统文化基因，无论何时何地，即便其意义指称结构发生重大调整与变化，也会永远存在着，成为中国文化的“集体无意识”。也因如此，无论何时何地，童子总是颇受欢迎与喜爱的艺术造型。二是，在卢伟的这个童子身上，头顶的刘海或说一撮毛，以及招风耳等，都是传统文化的要素、标志；脑袋的葫芦形状，在传统文化里便是祈福与吉祥的暗喻，是印证、唤起、回应中国传统文化的一个暗示。而他歪着头（人常说这样的身体语言为“梗梗”）、厚厚上唇无法掩盖的暴牙所流露出来的微微的笑意（有点目空一切的感觉），以及双手斜插在衣兜里，以及横挎的书包（而不是通常背在身后），都在表达出那种悠闲和自在：很舒服很满意，因而就有点满不在乎，有点兴致，有点骄傲，有点可笑但不可恨。

这怎能不让人喜欢：一个极为淘气的小男孩。

玉器里的古代童子，一般高度都在10厘米以内，做摆件太小，视觉效果不突出，做把件倒也可以。童子雕琢的“大型”化，应该说是最近十几年的事，这也取决于玉料的大小。现在的玉工，没有谁会把一块大大的玉料，砍凿成为一个很小的艺术造型，这叫作“省料”，也可能是圆雕童子的现代表现。更重要的是，玉雕童子，过去因其小，开脸便很模糊，常常有个眼、鼻、嘴的五官轮廓即可；现在则不是，开脸极为重视表意，比如这个童子，神气飞扬，鲜明生动。

更重要的是，不管现在中国人的人口观念如何有了质的变化；但孩子是未来与福祉的象征，永远不变。

2009年10月7日

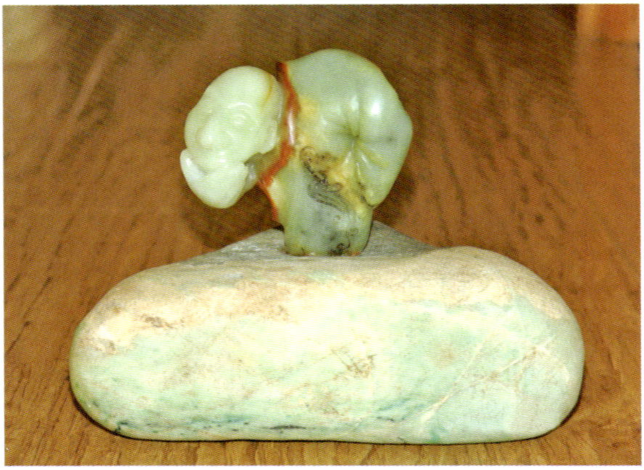

岫玉圆雕《我……》

故事是漫漫的人生之路

——岫玉圆雕《我……》

爱读玉（无论是玉器还是玉料）是因为它能让心灵激动。每一次的阅读都能发现未曾有的发现，而每一次的发现都会让心灵激动。这激动也是生命的激动。不似阅读当下的艺术，感觉如同路过繁华街区目光掠过缤纷广告一样，多数的时候，无所心动。董桥的书《故事》里说，“我们现在的小说不讲故事只弄玄虚，连我都看不下去。”小说是以好的故事为媒介来引导、培育和激励阅读的发现，发现人生，发现生命，发现心灵。昆德拉曾说：小说是一种发现。也就是在一次次的发现里，人得以丰富，得以滋润，得以满足和充足。

玉天生如此。

小说家陈昌平经常有好的故事，并常常把这些故事写成了小说；偶尔说起玉来他也一剑封喉：玉器现在缺的是艺术，大都是玉白菜、花、貔貅……这样的大路货，尚无法与艺术联系在一起。艺术其实就是好的故事，自然包括独特的思想。玉雕《我……》就是有故事有思想的艺术品：一个男人站在翡翠原石上，着汉服，秃顶，夸张的大手托着下巴，一脸喜悦。这是花玉的俏色作品，天然的一圈红带成为汉服上的衣领和对襟，很巧妙不是。最关键的是这个男人的神态，那含而不露的微笑，似乎是来自心灵的笑。我想他一定是发现了什么，才有如此神秘且含蓄的笑容。我喜欢这样被凝固起来的喜悦。在岫岩的玉雕名家卢伟那里，我认定了这迷人的喜悦。回来后我无数次地沉静在这种无声的笑声里。终于有一天，在一块三角体的翡翠原石的僵石上，凿了一小坑，让喜悦有了坚实的基座。有点俗吧，像是这人从脚下突然发现了种、地、水头俱佳的翡翠，才有此窃喜。我的本意不在这。这个翡翠原石来自云南，皮子曾被剥离和打磨，有点露“肉”，但也算是“赌石”：只要未曾打开，就永远不会知道里头的真相。

早在上世纪三十年代，作家骆宾基有小说《乡亲——康天刚》，说山东人康天刚年青时给东家打工暗暗和人家闺女好上了，因贫穷无法娶亲只好过海到长白山，挣到钱再回乡圆梦。但他在深山老林里坎坷流离一生，也永远没有找到那梦里的老山参，最终跌落山崖而亡。我想可以把这个凄楚的故事赋予在《我……》之中，只是结局不同。每一个人生结局都会千差万别。想想这样的赋予也没有摆脱一个“俗”字。

这就没办法了。

其实这些故事更是一个人生跋涉的过程，暗含奋斗的主题。无论结局如何。这过程里的每一次的沮丧、激动、喜悦、幸福，如果有可能凝固成瞬间，成为永恒的话，都将成就不朽的艺术。

人生就是如此。

2011年12月10日上午

火石青圆雕《无赖》

生活在不断地叙述

——火石青圆雕《无赖》

这标题来源于评论家洪兆惠十多年前写的一篇文章《历史在不断地叙述》，我把主语“历史”置换成“生活”。我们生活在言语过分发达的时代，似乎每个人都在滔滔不绝地述说，关于自己，关于他人，能否述说真相另当别论。即使婴儿，或是没有叙述能力的什么人，也差不多有代言人在替代述说。网络、传统媒体，还有传统的口口相传……都是叙述的媒介和方式，传媒的发达是言语发达甚至有些过剩的原因之一，另一原因还是现代社会知识、文化的普及使人获得较强的叙述能力，所谓自媒体即是也。上世纪瑞士结构主义语言学大师索绪尔认为语言即为现实。从消极角度去理解，谎话说三遍，也就成为现实。生活以及历史，不断地被叙述出来，但真相是什么，已经很难说明白。这不要紧，因为似乎没有谁有心情有时间去关心真相，即那种我们所坚持所追求的“真实”。

几年前岫玉名家卢伟的这个圆雕人物，命名为“无赖”，有点像农村过去常说的二流子。但无赖、二流子会把这个玉雕人物的内蕴格式化，或说是框死了，限制了阅读，不能产生更广更深的想象和思考，这个人物的真相也就被固定起来了。其实这是一个极为生动传神的“慢”（英语Man

的音译，很男人的样子，和力量、气势、干劲有关）。板寸一样的竖直发型，肿眼泡，大耳朵，厚厚的上翘的大嘴唇，那张不规则的大嘴里插着粗粗的烟卷（叼烟卷是好莱坞电影的传统意象：烟卷竖直插着，暗喻着什么；但耷拉着夹在两唇之间则另有说法）。他的衬衫别在短短的裤子里，扎一松松垮垮的领带，歪着头，双手插在裤兜里，双脚（那一双笨重的大皮鞋）呈八字。一个满不在乎的还有些骄傲、有些牛叉、有点舍我其谁的男人形象，似乎刚刚做成了一件大事，正在叙述自己的故事；还可以说正在讲述自己的梦想。可能还有另外的叙述，比如酒气连天，全是酒话。但他的叙述真相如何，难说；我在此叙述他，就那么真实吗，也很难说。生活和历史可能就是这样，在不断叙述。敢说这个男人就是时代写真吗？敢说如今生活里男人就是他这个模样吗？真的说不好。因此，叙述至关重要又无关紧要，主要是我们如何相对。眼前这个玉人无论怎样命名怎样去叙述，都好像无力周延，不如就叫“无标题”，这样怎样去叙述，怎样去阐释，如果有所依据，都不过分：他就这样以独有的形象和个性鲜活地存在着，存在这个时代里，存在生活之中，存在我们的周遭。

这个玉雕人物，材料为岫玉里的火石青。图中的下方是火石青的原石，上方是火石青琢磨以后的成品，可以看出，火石青的原石和一般岫玉没太大区别；但成品以后，通透的墨黑让心里舒服极了。

2012年1月28日早

黄白老玉圆雕《不一样的童年》

一个时代的结束和另一个时代的开始

——黄白老玉圆雕《不一样的童年》

在和这组玉雕作品朝夕相处的三年多时间里，我的目光常常掠过这三个可爱的孩子，忽略了他们本来的纯正澄明的黄色和生动可爱的造型，而进入冥想之中：想他们的遭遇、他们的心境、他们的梦想，还想他们的童年和我曾有过的童年。并且，经常地，在这样的冥想之末，突然有一种感觉，有可能在未来的某一天，这样的童年将彻底消失而成为历史和记忆，而新的人生、新的时代从此开始。

这组玉雕，是岫玉名家卢伟的作品，曾载入2008年3月出版的《玉都之星》画册里。那时阅读这画册，我就有一种急迫找到他们的冲动。这是一块黄白老玉的整料雕琢出来的三个童子。童子是中国玉器里古老的人物形象，特别在宋、明、清三代较为流行。和年画、剪纸等传统艺术里出现的童子一样，玉雕童子也是祝福、希望、美好、生活平安与幸福等吉祥的暗喻。但在《不一样的童年》里，这样古老的暗喻退隐其后了，而突显出作者的现实主义思维和对比的艺术思维，显示现实生活里不能回避的现象：一个孩子，背着书包，戴着随身听，随着音乐节奏张口唱着什么，高高兴兴地走在上学的路上；而另两个孩子，或手提镰刀，或拐着水桶，像是分担或承担着沉重的家务或农活。那个拐着水桶的孩子，显然很吃力，身子已呈蹲伏状态，似乎正用力起身，脸上却洋溢着微笑；那个手持镰刀的孩子，衣装不那么整齐，眼睛里有一种迷茫的神色，身后的一块石头似乎在支撑着他的身体。这组玉雕的主旨和意义是不言而喻的。我曾经历过挑水、持镰刀的童年，而现在的生活里依旧有这样的童年，我们实在不该让他们再在沉重和无奈里成长。顺便说一句，这组玉雕的材质，是岫玉里的黄白老玉，色彩纯正，油润度好，只是密度稍显逊色，且偶见云团；造型生动，且三个人物各有鲜明的个性和特征。

可以把镰刀、水桶的童年视为生活、生命的沉重，从远古至今一直存在着，但我相信，这样童年的沉重总有一天会消失于生活之中，让童年成为快乐和幸福的所在。这是社会发展的必然，这样的愿景越早实现越好。看看我们的周边，例如汉语，已经成为我们运用自如、富有创意和日益膨胀的所在。这样前所未有的言语状态，一方面说明言语的过度发达，一方面这过度发达的言语，与生活真相渐行渐远，甚至无力概括、描述、形容生活的本真。三个孩子就这样真实地存在着，我觉得如果在此描述的太多，很可能成为说谎或说是虚构，而悖离了真相，这便不是艺术创作，即悖离了艺术本质。从这个角度说，《不一样的童年》体现出本于生活的又富有理性的现实主义艺术精神，该多多为孩子着想，为他们营造出安全、幸福的生活环境。

2012年3月4日上午

岫玉圆雕《上学的三个孩子》

生命之本分

——岫玉圆雕《上学的三个孩子》

突然想到把卢伟的这三件玉雕作品摆在一起。至此，我凌乱起来。

都是正在上学的孩子，主题自然是童年。阅读这三个姿态各异、神色不一的孩子，就会联想起玉雕童子为什么是一种自古至今经久不衰的器形。这一组玉雕，有共同的主题，也有同类的艺术造型，玉雕行业称之为“圆雕”，还有共同的神态或说是精神，还一个，这三个玉雕作品，从左至右，都以岫玉里的火石青为原料，只是左边那个大一点的，是火石青里掺杂了岫玉，于是卢伟把它做成了俏色，头部及手，包括双手捧着的书，均为岫玉。其余两个，抛光后更显火石青的纯粹，透明的墨黑，非常好看。

以前卢伟也有这类作品，如黄白老玉的《不一样的童年》，岫玉的《三字经》等等。那天，无意之中将这三个玉雕童子摆在一起之后，感觉更有味道了。

这三个孩子，都背着内容沉重的书包。这书包不似以前扁扁的书包，也不似现在的双肩书包，书包的时间或时代因素显而易见。和沉重相比，三个孩子的神色，写满了调皮和满不在乎。即便左边那个时时惦记着读书的孩子，眼睛也没有盯在书上，而是和其他的两个孩子一样，视线略微上扬。这个年龄的孩子，读书本不是本分。

他们的本分是什么？

显然他们的书包已经过于沉重了，无论我们如何“减负”，但沉重都压在他们本不该承受的肩膀和心灵上。尤其是，看见右边、中间两个孩子的衣服，尚有当下很难见到的补丁，就会想到他们的生活真的未必像写在他们脸上的轻松。

顺便说一句，那些补丁本是玉料的小纹理，为了弥补这些缺陷，玉雕师便装饰出补丁。但这些补丁，和玉雕童子的身份，意外地相辅相成。

作家老修，几十年前当我还是“小王”的时候，就嗓门大大地喊我“老王”。暗示无效，明确提意见也无效。现在我真的变成“老王”了，便死猪不怕开水烫地想，叫吧叫吧，叫“老王”“王老”我愿意。都到了这个岁数，说什么我还会在乎吗！相信我和这三个孩子一样，在生命的必须阶段里，都有这个阶段“规定”的本分，逾越不得。

2013年2月3日阴历小年下午

花玉圆雕《送苹果》

过年

——花玉圆雕《送苹果》

过元旦，即是过年。过去的说法是过“洋历年”：要放假，要吃好东西，要穿新衣服……接下来，还要过年，过的是春节，农历年，吃穿玩乐等等要比过洋历年隆重多了。以前过年，主要是“阴历年”，春节，具有私家性质，一家老少，从各地回家，吃年夜饭，放鞭炮，过除夕夜。一家人热热闹闹过了除夕之夜，要互相拜年，还要给亲戚、邻居和朋友拜年、鞠躬、作揖（现在多用电话、短信、微信等）。以前作家达理就写过很好的短篇小说《除夕夜》，氛围很美好，特别在人性上，在心灵上。这小说在“中国年”叙事上就是现在也十分少见。过年是中国人、中国每个家庭的情感的重要沟通，是家庭、家族习惯、心理及精神的重要方式：不忘根本，维系家庭、家族情感，祈福新生。对于晚辈来说，在过年里，会感受生命力的恒定与家族基因及血脉的热度，汲取情感的营养和生活的动力，无牵无挂地重新上路。无论时间过了多久，无论时代如何变化，中国年都具有双重特征，一是私人性、私家性，二是要说过年话、好话，祈福、祝福的话。

这个玉雕童子，就是过年的一个象征。

玉雕童子从宋时盛行。童子现在说来叫“男孩儿”“女孩儿”。童子和童贞、纯净、安逸、希望、幸福、平安等等美好、吉祥有关。在过去的中国社会里，童子成为年画、木版画、剪纸、实用木雕、玉雕等艺术形式里常见的对象。童子成为民间时兴的一种祈愿、一种好心情的表达，成为对未来生活的一种祝福。

这是岫岩的卢伟前些年的作品。

这玉雕童子，是一个左右手捧着苹果，戴着绒帽（帽上有一小鬏）的小男孩雕像，像是在向谁送着苹果。苹果，是玉雕行业里一个老旧的暗喻，寓意为平安、平和。

这玉雕用料是岫玉里的花玉。用的是传统俏色工艺，这是一种很聪明、很成熟的技术工艺：利用玉料具有的天生的色彩，将之合理而艺术地赋予所雕琢的对象，使对象的形象更具体更生动更美好。

一个童子，把平安送给你，多么吉祥、幸福的一件事啊。他就那样天真无邪地站在你的面前，真诚而澄明地要把平安平和和幸福送过来。

那绒帽，是红色的，帽上的小鬏，则是黑色的。着对襟衣服，很乡土的感觉。背后尚有一处缝补钉。脚跟脚一前一后，表明他正在动作之中。玉器里的圆雕人物，开脸很重要。人物之重在于脸部。这孩子的脸部，胖嘟嘟的，形象而生动，又很乡土很中国。这雕像可以叫《送平安的孩子》。

这里一定会有故事，故事主要关涉一个关于美好、希望的主题，把美好送给他人。

这个高才10cm的小东西，常常让我心醉神迷，想到了过年，想到了美好，想到了吉祥与平安。

2012年12月26日—2013年1月6日

花玉圆雕《艺术人生》

温暖

——花玉圆雕《艺术人生》

没有谁不需要艺术。生活里处处是艺术。米原康正，一个和“萌”、“卡哇伊”（日语“可爱”的音译）文化潮流有关的日本摄影家说过：艺术是“把许多人的爱好和价值观凝合在一起的东西”，他强调说，并非在博物馆、艺术馆……陈列的才是艺术。这厮有点过分，见过瞧不起艺术的，但没见过这么瞧不起艺术的；但他也说出了艺术真相。艺术不像博物馆那么神秘，也不像画廊、拍卖会那么高深，而是随时随地在我们的生活里。比如喝茶。过去在东北，喝茶是用工厂里发的印有红漆字或画的搪瓷“茶缸子”，里面泡的大都是“劳保茶”，渴了才咕咚咕咚一大口。而现在喝茶不同从前了。都坐好了，经过一大套缓缓甚至有些复杂地观茶、洗茶、闻茶、倒茶程序以后，才可慢慢地小口去闻去抿。这个缓缓的过程，延宕着时间，也就延长了观茶、品茶时的快感和美感。茶在这时就是艺术。喝茶也就是艺术了。喝茶和心灵就有关联了，就和精神性联系起来了。评论家洪兆惠爱说“精神性”，是强调艺术的最内在和最本质。比较电影《钢的琴》和《金陵十三钗》，就会发现艺术经常需要以故事为载体和媒介。穷人买不起钢琴但为了女儿后来为了自己而造出钢的琴；十三个风尘女子为了他人的生存而改写了历史薄名。故事都很好，但里面的精神性却不一样，有高下之别。董桥作文似乎特别看重故事，但他没说故事里的精神性问题。用钢铁做出来的钢琴，就是在摄影家王郁文镜头里反复出现的破败的大工业环境里造出来，现代大工业在后现代的冲击下的凋零和凄凉是历史的必然。生活依旧在此的人可能不是穷人就是艺术家。王郁文镜头和《钢的琴》里都有一种让我们心灵感到温暖的情愫。这是诗、诗情、诗意、诗性，是艺术，那架不伦不类的三角钢琴是一个暗喻。人无论身处何处，无论贫贱富贵与否，都应该有能让自己继续前行的精神力量，这样的勇气和决心，常常来自于梦想，来自于和梦想相关的艺术，距天地和心灵很近的艺术。同时，这样的梦想和勇气，又滋润和鼓励着梦想。

《艺术人生》是一个老人梦想的外化，是岫玉的圆雕，且俏色：老人布满皱纹的额头，高耸的鼻子，大大的招风耳朵，手持扇子掩于秃秃的头顶，穿着老旧的大褂却掩饰不了凸起的肚腩。这是一个相声老艺术家在舞台表演的瞬间，生动、传神而幽默。这件玉雕作品的特色就在于表现出老艺术家在进入艺术情境后的神态，精神状态，从而温暖着我们。据说玉雕行业里人物雕刻较有难度，我分析的原因主要是能否传神，而形在其次。这就是艺术的精神性问题。《艺术人生》会让我们联想到沧桑的岁月；联想到在那个漫漫的生命里，相声还在，艺术还在，生命还在艺术里。老人兢兢业业地把自己一生的艺术体悟、经验统统凝固在这个瞬间，凝固成为艺术。此时，老人完全与艺术融为一体，他就是艺术，艺术就是他：一生的艺术，一生都在以自己的心灵来抵达的艺术。《钢的琴》不也这样吗。

没有艺术的召唤，《钢的琴》也就不会存在那个至美的故事，生命也就不会那么充盈和精彩；没有艺术的召唤，也就不会有《艺术人生》里这样一位可爱的老人。《钢的琴》里周边的破败，生活的困窘，和一群底层小人物的平凡、普通的生活，却激发了我们心灵里那柔软、温暖的所在；《艺术人生》里这位相貌平常甚至有些苍老的艺术家，就那样静静地进入了我们的心灵，让我们在那个瞬间充盈着快乐和幸福。这老家伙，有点像我。

都应该向艺术致敬，都应该在内心对艺术有着宗教般的尊重，信仰艺术能让我们的生命更自由更美好。

2012年1月2日

老玉圆雕《自我》

永无答案却意义重大

——老玉圆雕《自我》

这是组合玉雕《自我》，而我喜欢叫他们为“天问与低语”。玉质是黄白老玉，但有点杂质，色彩也没那么纯净，密度也不怎么好。黄白老玉在岫玉里具有独特品质，我觉得它的色彩、质地和油润度常常要好于和田玉里的黄玉。

我曾在两本玉器的画册里见过《自我》，当时眼睛就为之一亮。其中一本画册里在两幅照片下有这样的文字：“名称：自我／材质：老玉／作者：刘宝玮　周广全……”还说：“作品为老玉雕件，设计抽象、造型古朴，具有新石器时代韵味”。这样的评价笼统而不甚周延。

作者均为岫玉名家。

数度去岫岩，在会展中心里每每见到《自我》，心里都有所激动。才几年，看《自我》的玉质有了些变化：开始润泽光亮起来，像有了点“包浆”，十分惹人喜欢。这组玉雕，一男一女，体量在玉器里可以说是比较硕大，只是玉质有些许的问题。艺术上是一种抽象而夸张的表现，体现出男女性别特征。男的主要体现在上翘的胡子，女的体现在瀑布般下垂的长发。男的身体成为坚硬、壮硕的山岩，女的身体则成为委婉健美的美人鱼。这样强调、突出人类早期就存在的性别意识，往深里说，还是符号化地本质地对男人女人的诘问：对自身存在的疑问，对自身所处环境的疑问，对自身存在意义的疑问。都是些颇有哲学意味的诘问，有现成的答案，也可以说根本就没有答案。但不管是谁，都没有可能回答本真的答案。人类在自己发展漫长的时光里，每每都会遭遇这样的重大问题。

《自我》采取了一种比较简洁的艺术语言，手法是“剪影”似的，表达出深奥的人生道理。艺术是用来和大多数人交流的。如果艺术语言复杂、艰涩，就很难引起更广泛的共鸣，也不能起到艺术应起到的作用。

假如这组玉雕分别摆放在不同的地方，也都称之为“自我”，上述意义将无从说起，“自我”也将无所依傍。因此说，这组构思新颖、造型简洁而生动的作品，相辅相成地缺一不可地意味深长地表达了人类生存与发展的重大主题。

2011年11月27日早

原生的玛瑙球

质本洁来还洁去

——原生的玛瑙球

这是一块石头。

这是一块玛瑙，原生态的圆球，未加一丝修饰，就连它的几处疤痕，也大约是搬运时磕碰的。这玛瑙球的一处，天然地生成一个几乎圈形的凹处，恰好可做稳定的底座，置放在后配的木架上。

那几处疤痕，恰似玉器行业通常所说的“开窗”。透过这窗，能窥见球体里面的“肉”，白灰色的。

一直把它置放在我的案头。

这是巴西或者乌拉圭玛瑙，是从那遥远的国度飘洋过海而来的。

感觉着它是火山喷发时，熔岩弹流落而成的球状。表皮上凹凸不平，有火烧之后的黑熏色彩，像卫星拍摄照片里的月球，可以说它出生在大地上。我是在一大堆一大堆的玛瑙原料里偶然发现了它。

这也是原生态。

从来没想过请人或自己去加工雕琢，就想保留这样的原有；一旦加工成器，一定没有现在的感觉，没有现在的原有之意。我就想保留和珍惜它的原来样子，就想请它的黑黝黝坚决站在我的案头上，和我一块读书、听音乐、喝茶和文学写作。它的去处就是原生态。不就是一块不怎么好看的石头吗？在我的眼里，它不是，它是一个有生命的石头，审美的石头。在我的想象里，它时时在审视着我，拷问着我，陪伴着我。

原生态意味着原初和原本，意味着自然和天生，意味着本色，意味着原本的自己。

这还是圆球体。好像宏观的天体宇宙，微观的分子原子，都以圆球体的方式存在着。是不是可以说，圆是生命的原本形态。包括我们周边，我们自己，都以这样的方式存在着。

圆也可能是一种生命的态度。谦卑而自然，毫无粉饰之意，就那样诚恳而真实地存在，坦然地迎接各式各样的挑剔、疑惑，甚至责难。

不能不说这就是艺术，原生态艺术，也是真正的艺术。

还可以说，这玛瑙原球的存在，就是一种暗喻，就是自然的启示。

一直在神往那种原本的质地、原本的色彩，神往那原本生命的存在。

当下的“原生态”是一个很时尚的概念，从衣、食、住、行均如此。但许多的都是后来加工、修饰甚至造假的结果，于是就带有表演的色彩，成为旅游观光的项目，很假很假的，不让人那么舒服。比如假民俗、假话、假面人生、假古迹、假古玩……从刚开始的仿造（到高仿）到暗地和公开的造假，这都不是天性的流露，也不是自由的反应，但却是人类自己在慢慢地自杀。“原生态”成了一种时尚，成为一种商业利益，也成为令人怀疑、充满不真实的所在。为什么假的也成为流行，成为我们生活和生命的必须?

看着这款天生丽质的玛瑙球，就知道生命原本是这样，就知道生活原本可以这样。生活里喜欢独处的重要原因是它在案头上的存在，给我快乐，给我幸福，给了我信任。有时我就痴痴地想，快乐和幸福，许多时候，并不是多少金钱所能购买来的。

2012年6月19—20日早，市委党校305室

瓦房店玉《老帽山峰》

名作是这样炼成的
——侯德云与《老帽山峰》

这是一块石头，是作家侯德云三年前从瓦房店的老帽山区一条山沟里捡来的。

这也是一块玉石。从玉石上端的“开窗”部位就能见到这块玉石的墨绿色的“肉”，让人很是心动。这块石头可能是十几年前从山上的矿脉里滚落到山沟里，经过雨水的冲刷，形成了薄薄的皮子。

在我看来，这种玉石尽管在瓦房店发现的时间并不太久，矿脉据说也不太长，但它属于岫玉系列，有些像透闪石，硬度不高，按摄影家阎翰的说法，其硬度在4度左右，比较脆（加工时容易崩碴起毛），色彩以深绿（墨绿）、浅绿为主，是不是可以命名为“瓦房店绿玉”？

侯德云把这块石头从很远很远的山沟里搬回了家，就开始了去皮打磨以及抛光。用石头磨，用锉子锉，还用牛仔布磨，完全都是手工活，很苦很累的，还耗费大量的时间。刚刚给这石头一端开了个小窗，这厮就有些受不住了，但他看看那开窗部位露出来的墨绿色的“肉”，这半截子工程也显出了别样的味道，他机灵地出来了命名：富士山。其实我不喜欢这个名字，出于爱国爱家乡的考虑，我坚决叫这玉雕作品为“老帽山峰”：顶端的“开窗”绿意盎然，余下的大体积依旧裹在大山一样的皮子里，原石的色彩，原石的味道。

真的像山，一座山峰。这应该是写意的大山，想象的大山和情思里的山。嶙峋、坚硬、坚强、坚持……可喻自己，可喻生活和生命，还可喻理想和抱负。它沉默而有言，在书斋里，读书写作之余，抬头凝神于它，内心就一定会强大起来。这个大山之子在玉石里根本算不上名贵，也没有经过玉石大家之手，但却凝聚了一个文学家的心神，是文人的雅趣，生活和生命的雅趣，是内心丰富因而生活多姿的一个表征。把自己多少年来的梦想和追求、艺术积累给予其中，以此陪伴着自己的前行。我知道侯德云在工作、写作之余曾迷恋于园林园艺，还迷恋过“村姑”——一个美妙的但恐怕永远消逝的所在：爬上两棵老杏树上捉虫子，从地里拔出大葱夹在腋下一捋就大口吃起来（当然是那种没有化肥也不浇粪便的大葱），那习习的山风就爽爽扑面，让人陶醉于大地的慷慨，陶醉在田野劳作之余的生命的轻松。

这不能不说是一种生命境界。

文学不仅仅是写字。在作家的作品背后，必将深藏着深厚的生活和艺术。侯德云，王老师教你了，要记住！我知道侯德云这些年来读历史、中医、园林、中国古人的小品……还读大地、村庄，还读在瓦房店太阳乡的那两个相依为命的孤寡老汉，老哥俩，一辈子生活在一起。他们曾无数次地相互凝视着：我要是不在了，你可咋办呢？之后，俩人便像《老帽山峰》一样沉默起来。

2012年3月4日上午

带有『战国红』的树化玉

生命依然美丽

——带有“战国红”的树化玉

这石头原先是树。

在大地深处，慢慢地，开始了玉化（或说是玛瑙化）：树干的年轮部分，“变”成了玛瑙，红色的、白色的和灰青色的；树皮部分则成了石头。一般的说法，这是树化石、树化玉。

皆因为亿万年前的一次大地的愤怒。树经历了一次惊心动魄的故事。那时一定是黑云翻滚，地动山摇，巨响隆隆。闪电以及滚烫的红色岩浆，遍流天空和大地。《淮南子·览冥训》有这样的记载：“往古之时，四极废，九州裂，天不兼覆，地不周载。火焰炎而不灭，水浩洋而不息。”之后归于平静，归于寂静。这个树化石，也就成了岁月的符号；对我来说，还是美的符号。

非常喜欢这个树化石的摆件。尽管它的体量不太大，色彩也未必那么耀眼。但其中玛瑙还是有一些珍贵的“战国红”。“战国红”是朝阳北票市对那种色彩鲜艳的红色玛瑙指称。“战国红”一般体量不大，没有大块头，因此显得极为稀有。这块树化玉是在北票乡村一个院子里得到的。那天深夜到达这个小院子时，借着微弱的手电筒的光照，在一大堆的乱石里（是一堆树化石）挑几块形状较好的捡回来。回到大连清洗以后，发现这块树化石的中间部分已经玛瑙化了，并且，还隐约可见那美丽的“战国红”。

高兴得立刻请工艺美术家刘长岱给配个木座：依就原石的形状，做了个变了形的椭圆形的桃木座，木头花纹清晰可见，留有三足，整个木座有点“祥云”的感觉。并施以熏烤现出老旧色相，便和原石浑然一家。

真的很有味道。

时常痴痴地想，辽西大地曾经是个如此美丽的生命乐园，温润而葱郁，河水遍布，生命在恣意地生长，竟因为不可思议的大自然的突变，树便成了坚硬的玉石。那该是怎样的暴风骤雨、雷鸣电闪和排山倒海啊。看看这原石的粗细，就知道它的岁月不长，也许生命才开始，也许正绿意盎然，也许爱意正浓，哪经得起如此毁灭，顷刻间，就倒在大地张开的巨嘴之中。这原石及木座，便有了沧桑的树的身影，还有了醉心的“战国红”。这该是怎样痛苦（或说也许是幸福）的华丽转身。这个摆件（包括木座），不正是生命蜕变的最好暗喻？！《淮南子·览冥训》里说：“于是女娲炼五色石以补苍天……”这五色石，就是玉石啊。

2012年12月6日凌晨

梨形《江石》

原本 原来 原初

——梨形“江石”

把几块石头搬到工艺美术家刘长岱的厂房里时，他竟怒斥我：“又整这么多的破石头！挣得是不两个工资，还都花在这里，有什么用！”我知道这是反话。

长岱是我的发小。少年时，他学画画，还多次参加过大连市的美术展览。记忆里我母亲那时夸他，就一个字：巧。巧是心灵手巧和有艺术细胞的意思。长大后长岱弃画而走上工艺美术之路。

而我那时学习写小说，一直到今天，脑筋死死地与文学不离不弃。

我拿去的这几块石头都是玛瑙原石，业内叫“料”。这几块石头，阜新（中国玛瑙原料集散地和加工地）当地人称之为“江石”。是黑龙江省的“江”，还是黑龙江这条大河的“江”？还是黑龙江省几条大河形似鹅卵的玛瑙的统称？问他们，却都语焉不详。这“江石”有些像巴西的“水磨玛瑙”，长着厚厚的皮子，还发亮光，像涂上厚厚的油一样。

求长岱给这几块原石配上木座。

不久，他来电话说：上山，在废弃的桃树园子里，找到了被虫子蛀蚀的桃树树干，征得园子主人的同意，挖出了，把有疤有节的、虫子蛀咬的痕迹特别明显的全都留下。你肯定喜欢。

这个我信。

他在电话里还说：他先要赏料（欣赏原石），看哪一块更适应哪一段桃木；还要对木座进行加工处理，用锯，用火烤烟熏，把木料熏黑、作旧……还时时把桃木和原石放在手里反复赏玩……手机信号不好，时断时续，但我都听得明明白白。

长岱说对了，赏！赏是欣赏，赏料，赏木座。玉器行业和喜欢玉的人现在时兴“赏料”，和“赏石”意思相同。买一块料回来，不是为了加工，而是留着赏玩。

这块倒置的梨型江石，便很好看。皮子是玛瑙，近乎红色；内中的“肉儿”，是水晶一样的白，玛瑙行话叫“矾”。估计这个“矾”，也是玛瑙的一种。这块原石，正面有一块不规则的红皮子，长在“肉儿”上，不说形状，光是色彩，就很奇特。加上“肉儿”的一圈白“矾”，再加上又一圈红皮子，就很有味道。

长岱为之配了桃木座。沟壑纵横，烟熏出来的斑驳黑色。和原来的生命形态，和看似无意的刀痕，和沧桑的岁月，联系在一起了。桃木在民间，在玉器行业里，还有一个重大暗示和暗喻：避邪。

这块江料，江石，和这个木座，相得益彰，天生一体。

说点题外的话，用这锈蚀的桃木为座，不是废旧利用，不是所谓的“化腐朽为神奇”，更不是所谓的“环境艺术”，比如把废弃的大机器、废旧的电脑等凑在一起，摆成“艺术”，而是让这块原石，这块原木，找到互为依存的所在，让二者融为一体，产生新的生命，产生新的意义。当下最火的电视节目《非诚勿扰》的主持人孟非曾说：爱情不是相互给予，而是互相尊重。我延伸这说：这地球不唯有人的生命，而生命之间，最重要的是，尊重！

唯有尊重，尊重原本、原初、原生态，艺术便诞生：这里有人性、天性在里面，美的感觉，造型上色彩上视觉上的美丽，都会让心灵愉悦与充盈。

2012年11月12日星期日

青玉小籽料

原石

——青玉小籽料

我断定这块“石头”是和田玉的籽料。拿给几个朋友，他们掂来掂去，看来看去，疑惑不解：“这不是一块石头吗？鹅卵石！”

但我愈看愈是籽料：在河里，经过亿万年的孕育、冲刷，看似鹅卵石，但却是玉料中最为人看重的籽料。

这是一块青玉籽料。类似三角形。如果把有金黄色的皮子算做底边，那么这块青玉籽料上端的顶角部分，就是几条隐约可见的条状墨带与底边平行；底部，则有一条明显的水线（有人也说是生长线），像河流一样，平行于这三角形的底边；这条水线以下，玉质开始发白，并有“云”和“棉”充满了这三角形的底部。一个小小的籽料里，就是蕴藏着这么丰富的色彩和构图。

这籽料，色彩澄明润泽，料质油性很好，水头充足。

把这籽料做成什么样的玉器呢？最好能设计和琢磨一个小山子。因为这籽料，有山有水有云有水线（可以想象是一条河），色彩有黑有青有蓝有白。可做俏色，还可以浮雕、圆雕和镂雕。构图的中心，自然是人。人在干什么？多大岁数？男或女？这不是主要的；主要的是他们徜徉在自然的山水之中……但我还在想，无论怎样的构思，怎样的巧夺天工，对这原生态的籽料，都是一种破坏；无论做成了怎样的艺术品，都不会像这原生态的籽料一样完美和让我充满了想象。

因此，收藏和欣赏玉料，特别是籽料，也是当下许多人的一种选择。比如岫玉市场上常常会见到的河磨老玉，也是一种成分以透闪石为主的籽料。真正的河磨老玉，是很珍贵的。而当下市场上我们能见到的所谓的河磨老玉，大都是伪造的。

无论是和田籽料还是河磨老玉，已没多少了。悲观点说，再经过千万年，说不准那时的人，根本见不到籽料的真正模样。

这籽料有皮；还有，在表层上能看见极为微小的坑坑洼洼，有人称之为“毛孔”。这都是大自然的造化，是玉的原生形态。这原生态的籽料，真的能让我时时激发出一个个美丽的人生构图。

时时相伴的朋友

——瑞兽黄玉章

喜欢玉的人都会有这样的体验：什么时候都离不开自己所喜欢的玉，玉是最知心的朋友，最爱的朋友；无论走到哪里，都要有玉的相伴相随；必须时时能看见玉，必须时时能与玉对话和交流。

这也是我的心得。有玉时时在身边，就有时时与玉交流的机会。这是一种无言的交流。这样无言的交流常常让我感到心灵的平静、喜悦和充实。我面对的是一个永远可以倾心交谈的朋友，他岁长于我，学识大于我；他的身上始终有着让我倾心而又放心的品行、学识、美德和有关美的库存，让我取之不尽，让我受用不尽。他会在我身边，默默地伴随着我，给我温暖，给我慰藉。他以无言即为大言的方式，教我如何生活和怎样做人。

这款小小的印章，便是常常伴我出门的朋友。印钮为瑞兽。瑞兽是中国传统文化里一个吉祥的意象。它像狮子、老虎一样神色威武地站在高高的石座上，四肢有力，头部高昂，有一种庄重肃穆的感觉。印钮的体量大体与印身相同。玉面有点“磨地子”的感觉，但更接近玉的本质。玉料的黄色是轻轻的淡淡的。无印文。淡淡的黄色，以及玉表的绸缎般的光滑与

瑞兽黄玉章

磨砂的感觉，有一种谦逊内敛的风度，有一种让人心疼的珍重与珍爱的感觉。

这玉印又是大气的。那瑞兽，线条粗犷淋漓，气势逼人；并以自己和底座（印身）的黄色一齐构成了尊严、淡雅和高贵。

有这样的朋友在身边，心是踏实的，心也是敞亮的。

2007年4月18日深夜

从左至右：第二第一第三个瑞兽小印章

第四个瑞兽小印章

第五个瑞兽小印章

七个瑞兽小印章的传奇

这七个小瑞兽印钮的玉印章，印面均无文，体量大小不一，但差别不大。排成一列，很气派。我自己把他们命名为老大老二……直到老七。但其中有“真”有“假”。比如最近在大连一下子看到的老六老七，一看就是伪作、赝品。只是玉料是真实的：贼亮厚重的包浆，杂乱无序的红沁黑沁，生硬拙劣的刀工。老大也是在大连看到的，当时眼睛一亮，这小小的印章，便成为常常伴我出门的朋友。老大的印钮为瑞兽，瑞兽是中国传统文化里一个吉祥的意象。它四肢有力，头部高昂，有一种庄重肃穆的感觉。老大是大气的，线条粗犷淋漓，气势逼人；并以自己和底座（印身）的黄色一齐构成了尊严、淡雅和高贵。

次年在昆明，我见到了老二，当时摄影家姜振庆还帮我砍价。老二有点像这组玉章的原初、本来和母本，刀工很好，造型极富美感，关键是有几处淡淡的红沁，和假沁不一样。只是嘴角有点残缺。老二是这组玉章最具精神的。后来陆陆续续收了老三、老四、老五，都像老二，只是玉质有些不同，认定都是现在的高仿。这期间读了一本书《中国古玉珍藏》，内中载一白玉印章，和哥几个一模一样。这真的让我好生纳闷，都说天下玉器没有重样的，怎么会冒出来这么多的一模一样？并且，我推测，以后，一定还会出现的。

以上是说老大，也可以说是老二；老六老七就不必说了，不值提及。本书的《时时相伴的朋友》一文，就是说老大。

一直读董桥。他藏书、藏字画，竹刻、漆器、书札、玉器……似乎都在他的视野之中，并显示出他的淡淡喜悦。难道他没遭遇过不真实的假货赝品？难道他就没有尘世的烦恼？为什么没见他公开叫卖？只阅读到他喜欢那种平和的恬淡的“换”和“让”。估计他没怎么去理会那些假的丑的东西。看到现在玉器市场上充斥着大量的假货赝品，我就想，多少多少年以后，我们的后人一定会想：先人们当时怎么了啊！显然，社会也好，生活也好，生命也好，有了真实才能前行。真实是生命朋友，与生活相伴而行。

2012年3月14日

低劣作旧的第六个第七个瑞兽小印章

第八个俄料瑞兽小印章

《七个瑞兽小印章的传奇》补遗

——第八个俄料瑞兽小印章

今年六月，在宁波鼓楼古玩市场的一家铺子里，我一眼就看见了这枚白玉瑞兽的小印章：披着满身油泥、灰尘，蹲在柜子里。铺子里的老人，把这小瑞兽印章，打上肥皂水清洗一下，便现出了本色的白。这白有些苍白，其中还有更白的“云”，有些“水”，密度也不太高，只能是俄料，而不能是和田玉，也不能是青海料。

这小瑞兽印章，亦和我先前收藏的七枚里的五个的造型相同：印钮上的小瑞兽蹲伏，后肢有力，头部高扬，嘴大张而露齿，怒目而视，似在嘶吼，卷尾略偏，动感十足且精气神俱佳。

决意拿下。

必须砍价，按惯例。玉器市场上几乎没有一个喊价不过度的。这是俄料，店主说是前些年从南阳购进的因此这价格还是几年前的。南阳？我想，那我手中的五枚，和这个，可能真的都源于南阳。这些年俄料价格成倍翻番，店主给出这个理由。但我坚持还价。几个来回，已到了百八拾元。还是不成，我只好转身走了，心想，这次宁波算是白来。

走了很远，听到熟悉的“兄弟”叫声。一回头，竟是那店主从后撵过

七个瑞兽小印章

来：若你真心喜欢，赔就赔吧，给你吧。

那次宁波，算是有了重大收获：我有了第八枚瑞兽小印章。

当第一次见到和这个瑞兽小印章造型一模一样的第一枚印章时，我甚为喜欢，那是2006年，在大连，感觉那玉料像和田黄玉，又似岫玉里蛇纹石的黄料。料质澄明，内中有星点的冰凌花水印（又说水银沁），特别是印钮上的小兽，张口怒吼，威武凶悍。印面无文字。待到次年在昆明见到第二枚时，更为惊奇，没想到世间竟有与第一枚造型一致的玉章。只是一眼搭上，便感觉出它的老旧之气，有明显的包浆，有几处明显的红沁，嘴角一处略有残损，但看起来依然威武凶悍。我想，这第二枚一定是第一枚的父母，是依照它的形状而仿制的。没见过同样精神并同等造型的器物。等我见到第三枚时，心情便复杂起来：怎么仿制如此之多？这第三枚，属青玉玉料，尾部一侧，浮着白色的“云”。为什么会有人如此热衷仿制这样小小的印章？是闲来无事与人开玩笑、恶作剧？还是本来原创力不足？这青玉又有点像岫玉，后部白“云”部分，似岫玉里的“甲翠”。到了我在古玩市场见到第四枚时，都有点生气了：器表很脏，稀松，回家后用纸轻轻搽拭，竟也去掉那裹挟的“脏”——估计是用酸“咬”的。它的型、神还像前几枚一样威武雄伟。转过年在杭州见到崭新的第五枚，我竟不相信自己的眼睛了。这就叫“奇遇”吧。这第五枚，无论从玉质还是从形状上看，和先前的几枚一样，是多胞胎。

时至2012年的春天，在锦州一玉商人那里，又见到了另一对双胞胎，玉质不详，有明显的纷乱的假沁，有厚厚的贼亮的皮壳，做工粗糙，连小瑞兽的嘴部，都由原先的大张成为现在的软软一条线。

前五个，以及这枚俄料小印章，造型一致、生动而形象，精气神俱佳。后一双，则活活糟蹋了玉料，又糟蹋了功夫。

这是八个小瑞兽玉章的传奇故事（参见本书的《七个瑞兽小印章的传奇》）。

作为艺术之一种，玉器里也体现出时代风貌与时代精神。

不是高仿，是人为作假：厚厚贼亮的“包浆”，生硬的“沁”，刀工粗糙、生硬，造型失真，没有原来的精、气、神。这样做的目的就是骗钱、蒙人。玉器行业里，这些年来成为造假贩假的一个历史高峰期。若干年后，我们现在留给后人后世的，是许许多多赝品、仿品（高仿的不算），会让后人后世在想：我们的前人，为什么要如此疯狂呢。

另外的后果是，这代表中华文明顶端的象征物，玉器的如此制作，是不是可能改变和影响从此以后一代又一代中国人的精神世界，即假是可能的、可以的，是一种德行？是一种生存的必需？

2012年8月16日

第三章

独玉八仙印章

对“古典”的尊重与梦寻

在对中国几千年的玉器发展史的观察中，我逐渐形成了这样的看法：从功用上看，玉器由人类早期的工具发展成为王权、神权的信物，最后发展成为世俗器物（器物之“器”，与艺术尚有一段距离），就是说，我们现在所看到的玉器，大都是器物，而不是艺术品；从审美上看，早期，特别是新石器时代，中国玉器的艺术想象力、创造力，或者说是艺术含量，是历史上前无先例、后无来者的辉煌时期，以后任何一个时期，就艺术创造而言，都没能超出新石器时代的艺术。

最近，我在艾丹的《玉器时代——新石器晚期至夏代的中国北方玉器》一书里看到类似的表述：“从新石器晚期直至清代，玉器文化在技术上走的是上坡路，在艺术上走的却是一条下坡路”①。这让我有一种小人得志般的窃喜，有一种吾道不孤的感觉。另外，艾丹对中国古典玉器的叙述是文学化的，平实而亲切，这也是我多年来对艺术、对文学评论的最喜欢的述说方式，这种方式不唬人、不吓人，能把最深刻、最独特的认识、道理蕴藏在平常而又不寻常的叙述之中。艾丹还是著名诗人艾青的儿子，是一个作家。我读过他的纪实性小说《纽约札记》，有点像王朔、石康的叙事，这种叙事的主要特点是“贫”——有点像北京市井平民的平日里的言说。在读过许多玉器专家、大家所撰写的有关玉的书籍中，我比较喜欢作家艾丹的《玉器时代》。这本书超越了玉器历史上的点点滴滴，或者说是从细部着眼，有一种宏观的大视野，有一种很好的对艺术、历史和生活的感悟与概括。

一句话，艾丹和我都一致认为，中国玉器的古典性，不在明清，不在当下，而在远方，在远古时期。

那个时期，人类尚不怎么成人，生产力极为低下，并且，很多人文专家、科学家都说，那时人类的认识、思维极其有限、极不发达。但他们，却以惊人的艺术想象创造出古典的辉煌。

真的有点难以置信。

举个例子。岫玉里有一个被同业人士津津乐道的绝活：素活。就是用现代工艺、现代的玉料仿制古代玉器，特别是夏商周时期的。我不想评价素活。说起来话就长了，不是本文的目的。但是，我有时想，素活所体现的都是对古典的模仿，一方面体现了对“古典”的尊重与梦寻，一方面有可能限制了艺术的创造。

再举个例子。当下玉器市场上，很难见富有创意的艺术品，而大都是仿古的、拟古的玉器，无论佩饰、摆件均如此。偶见一些具有现代意识，又有现代表达的玉器，在这个领域里算不上主流，也较难吸引更多的关注。玉器在如今也真的是名副其实的“器”。

这在说明一种事实，即李零在《铄古铸今——考古发现和复古艺术》一书里所说的“复古”② 现象。复古、仿古、继承等等，都有一个最基本的内核，以古为效仿、模拟、学习的对象。一个原因是，李零说：“古总是由

黄白老玉把件

翠玉对章

历史千挑万选，劫后余存，是剩下的东西。剩下的东西往往是精美之物，理所当然，会被许多人视为珍惜。”另一个原因，也是李零说的：人类总是“以古为雅，以今为俗”，这个“俗”，“既是流行，也是庸俗”。还有一个原因，是我自己想的，自“古”以后，是不是人类的想象力和创造力随着技术（比如当下的电脑和互联网）的进步、发展而渐渐枯萎呢？

这还说明了一个事实：当下至少在玉器行业里，艺术想象力和艺术创造力的匮乏；或者说，我们当下在玉器行业里，有许许多多的工艺大师（这是职称意义上的）而没有艺术大师！

不能不说是遗憾。

至少在走出新石器时期以后，艺术在玉器里，便稀薄起来。基本上走的是这样的路线：一是仿古，二是立意和眼光的世俗化（这一点，容我另文说明）。

比较文学里有一条著名原理，主题不是发现的，而是继承和发展的。这句话延伸去说，可以这样表述：艺术不是发现的，而是继承发展的。这还让我想到被誉为近代科学的开创者牛顿，他说过：“假如我看得远些，那是因为我站在巨人们的肩上。”以此可以印证复古的合理性，或者说，中国玉器几千年来的发展主线——以复古、仿古为主，也不是一点道理没有。没有古，就无有根据，无有依托，无有经验、参照，也自然不会有新；但是，照抄照搬，只能是模仿、因袭，也自然不会有新。因此，复古、仿古不应该是全面复辟，不应该是食古不化，而应该是创造性地继承和发展。

翡翠印章

李零在他那书的“简体版前言”里，还有一句意味深长的话：“现在，世界的政治气候，到处都一样，弥漫着保守情绪。复古的狂风把山都吹倒了。我对它的思考已经超出了艺术范围。当这本小书即将出版的时候，我不由自主地想到，它也许还有更深刻的意义在后边吧？”对“古典”的尊重与梦寻，总得有个限度，一点不去追捧，对传统视而不见，不合适；完全去复古、仿古，对古典亦步亦趋，也不合适。比如当下的文学创作里，缺少了“古典”精神，也许是和不知古、不学古有一定关系。这也是我要写这篇文章的主要缘由之一。

2008年3月26日

①艾丹《玉器时代：新石器晚期至夏代的中国北方玉器》，中国青年出版社，2006年6月，1版，7页。

②李零《铄古铸今：考古发现和复古艺术》，生活·读书·新知三联书店，2007年8月，1版。

岫玉河磨原石，从开窗处可见内中为青色

送一块儿老玉给格拉斯

我对德国作家一直持有深深的敬意。歌德、席勒、海涅、史托姆、托马斯·曼等等。这些大师级的作家，像一颗颗耀眼的明星，闪耀在人类精神的天空中，也让我对文学有了更深刻的理解。我的同事小钱不只一次地说我崇“德”媚外。但我反驳说，例如人的初恋，写得最好的，难道不是歌德的《少年维特之烦恼》、史托姆的《茵梦湖》吗？同事小钱却说：那是从一而终、无病呻吟的古典爱情，当下的年轻人，可没这样约爱情。我接着说，再比如对二战的反思，德国文学表现得最彻底：追悔罪恶、消弭纳粹的影响和历史的暗影，影响了德国社会对“二战”的检讨和认识，像雷马克、伯尔以及格拉斯的小说。

格拉斯是本文的主角。马上就要80岁的格拉斯，今年出了一本回忆录《剥洋葱》。这本书披露出一个史实：格拉斯在16岁时曾经加入过罪恶的法西斯精锐之师党卫军，做过填弹手。作为上个世纪诺贝尔文学奖的最后一个得主，格拉斯从上个世纪50年代就以自己的文学、以自己的声望指点江山，伸张正义，特别是以自己对“二战”的声讨、反思来影响德国社会，甚至被誉为“民族的良心”和“道德法庭”。格拉斯可以被视为德国社会乃至世界性的先进模范。

这样的先进人物怎么会有历史的污点？因此格拉斯少年时的那段不光彩的经历，便成了全德国甚至全世界的关注和愤怒。舆论的焦点在于：他为什么在年老的时候，才揭开自己的伤疤与隐痛？他不清白的身世有什么资格评点江山，特别是声讨“二战”？

格拉斯立即又一次成为世界性的热点人物。《剥洋葱》也成为热销图书，上市后三天就卖了十三万册。小钱愤愤地说：这是出版商与格拉斯“密谋”的一次世界性的“巨炒”，目的是卖书，是市场利润。这话让我不高兴了。

格拉斯的历史污点，在过去，在他的履历里，在他的文字里，不是没有被表示出来。但好像是轻轻一笔，没有谁给予特别的关注。但这一次，他狠狠地“出卖”了自己，大家也就都“狠”了起来。当过波兰总统的瓦文萨，说格拉斯不配做一个堂堂正正的公民——这话够狠了吧；主持诺贝尔文学奖的瑞典皇家学院的发言人对此也有过声明。世界上许多知名人士，对此也都说出了自己的看法。大体上有两派，一派认为，格拉斯的晚年忏悔，并不能洗刷他的罪恶，他是一个欺瞒者、伪君子、伪善人；一派认为，格拉斯这一回是“给人印象非常深刻，非常令人感动的行为”，“值得尊重”，因此他是英雄，是非凡力量的化身。我十分同意后一个观点。我想给格拉斯送一块儿老玉（尽管我现在还没有），就是出于对他的尊重、敬佩。

我读过让他享誉世界文坛的长篇小说《铁皮鼓》。二十年前，在辽宁文学院的文学评论读书班里，我还看过《铁皮鼓》改编的电影，那时的题目好像叫《锡鼓》。一个叫奥斯卡的孩子，因为战争，因为生活里充满了争斗、肮脏、无耻和罪恶，便拒绝自己长大。当时我并不喜欢这个孩子，主要觉得他心灵的畸形发育和小说里展示的生活环境的恶劣、阴沉。格拉斯别的小说我没看过，也不太想去看。因为《铁皮鼓》的阅读让我不舒服。同样是反思“二战”，我觉得德国的另一位作家伯尔让我有阅读的快感与美感。因此我要是瑞典皇家学院的评委，我绝不会给格拉斯投上诺贝尔文学奖一票。我这样说，是因为我现在觉得，很可能我并不了解格拉斯。因为读他太少了。也许格拉斯真的是大洋里漂浮的冰山，冰山的大部分沉没在海水里，我们看不见。我看见的是远远的一块冰块，尖处有点反光。其实，在生活里，我们的感觉、认识，都是这样极有限度的。但也是因为这次，格拉斯对自己剥了洋葱，袒露了自己，让我们更深刻更全面地了解了格拉斯，对他有了格外的敬重。在德国，如果谁沾上了臭名昭著的法西斯，便会遭遇全社会最严厉、最不留情面的讨伐，会落得连落水狗都不如的下场，还会遗臭万年。格拉斯在剥洋葱前，不可能不考虑到这种情

黄白老玉人物圆雕，底座为产自瓦房店的岫玉

况。显然，他需要勇气去承担一切后果。举个例子吧，如果格拉斯偷偷地拿公家的钱，如果他偷偷地去了境外的赌场豪赌，如果他去了娱乐场所干了点“黄”事……我想他一定敢说出来，而且还敢写进自己的书里。格拉斯显然知道什么叫身败名裂。但他不怕！

不怕是因为品性上的纯净。品性，用岫玉的行话来说，叫作“料好”。就像一块品质上好的岫岩老玉，尤为少见。如果我要有一块老玉的话，我一定要送给格拉斯。因为他应该享受这样的殊荣。据说，在中国古代，赠送玉石，是具有君子品行的人，相互之间表达敬意的方式。

2006年9月23日 早晨

大连文艺家的部分著作

作家的收藏

我敢说，凡搞文学创作的人，家里除了书刊之外，架子上一定还会有不少的摆设。不信咱们就打个赌。前些年，刘伯羽的家属，就按他的遗愿，把许多珍藏的宝贝级的文物，字画、手稿、书信、书刊等，捐给了中国现代文学馆。当时我有点小人了，搁心里头算，除了这批文物的政治、文艺、历史价值以外，经济的该有多大呵。

作家的收藏，除了与其文学创作密切关联——收藏与创作互为启发、促动之外，当然是个人兴趣、爱好、学养的一个很好的体现。“五四”时期及稍后的许多现当代文学大家，我推测，收藏东西的古典性比较强，都和学问有点关系。就说鲁迅吧，喜欢动手抄写古籍，喜好拓片，还喜欢收集国外版画——他是中国最早提倡版画创作的人。我总感觉，鲁迅时代或稍后一点的那一代作家，文史方面的素养是我们这些人望尘莫及的。假如他们要是进大学当教授、研究员（不是现在评职称、涨工资的那种教授和研究员），都能百分之百地胜任。说点不中听的话，现在许多作家都在大学里兼职，上课，怎么能好意思呢？我也被一个挺著名的大学封为兼职教授，感觉到有点脸红，但也印在我的名片上了，为的就是显示自己有学问。我敢说，我要是上大学讲课，也只能讲讲创作，误人子弟，真的不一定能讲出什么学问来。有一次我们开会，一个作家竟说：我从来不看外国文学。乖乖，像这样的话怎么能说出口呵。

上个世纪五十年代出生的人，吹点牛说，好歹上了课堂也多少能讲点什么。比如马原吧，就在大学里有滋有味地当教授，也挺好的。但要是八十年代出生的人，写了点东西，上了大学，讲什么呢，讲赛车？讲大头贴？讲发式头型？这些内容不是在课堂上不能讲，而是要看怎么讲，假如讲汉人、唐人的发式与服饰与其审美趋向，那可就学问大了。因此我常常不怀好意地想，作家也真是一代不如一代了——我指的是在收藏方面，鲁迅那时，收藏可以与学问有关；以后的，以我为代表（这有点自夸了，请原谅），弄点东西摆上架子是为了好看，为了显示自己有学问；再往下一点，可能是发展到收藏赛车车徽、大头贴、时装一类的，为的是时尚地生活。

收藏本身就是一门大学问。能收藏到什么层次的藏品，除了体现出个人经济实力以外，还更需要这人的眼力。眼力是个综合的东西，学养上的、性情兴趣上的。看董桥的书，知道他手里有不少藏品，在《乡愁的理念》，他说自己“近日偏偏雅致起来，与闲章、印石、古瓷、书画结缘，很有深味”。他是个藏书家，还拥有上万张的藏书票。我猜他所收藏的东西，像他的散文随笔一样雅致。邓友梅，据说多少年来，一直是在收藏鼻烟壶，这和他的京味小说不能没有关系。冯骥才我感觉一定能有很多东西。说一个夜里，有个人拿了北京、台湾的故宫博物院里都没有的元代磁州窑双凤罐，硬要和他交换一张他自己画的画。在作家堆里，收藏应该说是很普遍的一件事。我从一些资料里看到，当年的老舍也是大收藏家。就说1957年吴祖光、新凤霞夫妇落难，为了度日卖了齐白石的画。老舍在逛店铺时买了这画，并在吴祖光夫妻返回北京后送给他们，分文不取。从老舍、刘伯羽、董桥的收藏经历里，我感觉到，作家的收藏，目的不在于收藏本身，而是他的性情所至、学识所至。我是搞文学评论的，我觉得，创作与收藏关系的一类话题，其实是一个很有价值的研究课题。这选题我先占了呵，都不要动了——开个玩笑。

甚至我还想，看一个作家的藏品，就能知道他的创作有无思想和有无历史文化的深度与广度，就能看出这个作家的创作个性。

2007年3月18日凌晨

岫玉《中华龙》

岫玉距艺术有多远

关于岫玉，我有老多老多的话要说：关于它在源远流长的中国玉文化（也是中国传统文化的主要构成）的历史地位、性质和作用；关于它的艺术个性和艺术气质；关于它所成就的玉匠（当下其中一些人被有关部门评定和命名的荣誉和称号：玉雕“大师”）的一些问题等等。

有一个前提，或说一种事实是：在我们一万多年的玉器开发、使用的历史上，岫玉是最早被人类所发现、所利用的玉种，并且，在中国进入奴隶制、封建制社会以后（特别是在汉代以后），新疆和田玉（特别是白玉，新疆当下许多“玉雕大师”，比如马学武，干脆就说，和田玉实质上指的就是白玉，就是在和田地区开采的白玉），一直受着统治阶层的追捧而成为中国玉文化的主流和统治地位，而岫玉，一直处在庶出的位置，处在价位不高、声誉不高的地位，常常被视为中低档的玉料和玉器。

有一个原因是：岫玉矿的产量太大。据来自岫岩县志上的报道，岫玉的开采量已达到全国所有玉矿开采量的50%—70%，且其单体矿石，也常常被发现体量巨大的。比如鞍山玉佛苑里的玉佛，它的原矿，曾经是世界上体量最大的矿石单体。对玉石来说，其稀有程度常常决定了一个品种的珍贵程度。岫玉的矿藏丰富，开采量大，实际上降低了它的珍贵性。但是，在品质上，岫玉的部分品种，并不次于和田玉，比如岫玉之中的黄白老玉，温润度高（即油性大），黄色也特别饱满、纯正。

我一直在想，在中国的玉的历史上，出土的也好，传世的也好，存在着大量的甚至完全可以用“精美”二字来概括的岫玉玉器。红山文化的玉器，夏商周时期的《鸟兽纹玉觽》《玉跪人》，战国时期的《兽形玉》，秦汉时期的《玉辟邪》，东晋时期的《龙头龟钮玉印》，南北朝时期的《兽形玉镇》，唐宋时期的《兽首形玉环》，元代的《玉贯耳盖瓶》，明代的《龙头玉杯》，清朝的《哪吒玉仙》……还有，1968年在河北满城陵山汉墓中出土的2498片岫玉《金缕玉衣》，北京博物院珍藏的夏家店文化的岫玉玉器《碧玉螭佩》《青玉鸟兽纹柄形器》，以及新石器时代良渚文化的玉器，安阳殷墟妇好墓中出土的700余件玉器，相传清皇太极刻有“皇帝奉天之玉”的传国玉玺、乾隆皇帝刻有“国朝传宝记”的玉玺，都是用岫玉雕制而成。特别让我敬重的是，红山文化的玉器，想象奇异大胆丰富，制作精致完美，具有精美的典范性、先锋性、开拓性和艺术性，具有高度的艺术概括力和表现力，是美之集大成，是纯粹的艺术精品。从造型艺术角度上看，红山文化创造了中华民族的一个艺术高峰，也是后人难以企及、无力超越的。

据考古发现，岫岩地区在距今一到两万年前的旧石器时期，就有人类活动：红山文化发生在新石器时期，有专家推断，应该为5000—8000年前。我一直想象着那个时期的人类，我们的先祖，在生产力极其低下、生活条件相当艰苦的条件下，是如何发现了岫玉，那些美丽的石头，并如何把它们一点点琢磨成为艺术精品？是如何把岫玉——那可是些沉重的石头，不用马车、牛车、汽车，搬来运去的，甚至搬到了长江、黄河流域？

按照郭大顺在《龙出辽河源》一书里的说法，位于辽宁阜新市沙拉乡的查海遗址，“早期当超过距今8000年”，是辽河乃至东北“第一村”，即现已发现最早的“史前聚落”。“查海人最为重要的创造，一是已知制作和使用玉器，一是已经有了龙的崇拜”① 。龙是中国人的图腾，中华民族的象征。而这样的文化意象的源头，目前考古发现证实，是查海文化。那么，当下最为走红的最受追捧红山玉龙和查海文化里发现的石头堆积的“龙阵”是什么关系，我说不好。但至少可以说，那时在东北，就有了龙的最初形象，并且，这还可能是那时的人，普遍的意识。

还有，按照杨伯达的观点，查海遗址、龙山文化的玉器原料，很可能就是岫玉——在岫岩、宽甸、凤城、丹东等地岫玉的矿床、矿点。

因此，归纳起来说，岫玉在中国玉器史上至少有三大突出贡献，一是为中华民族最早开发利用的玉种，二是由于其矿藏量大的原因而被广泛地开发利用，三是贡献出一大批玉器艺术精品。

我特别想强调的是，作为一种符号和一个意象，岫玉在中华民族的历史文化里，是极其重要的象征，扮演着重要的角色，是重要的载体——它是和中华文明同时起步，并在一开始的时候就承载着中华文明，比如它在起步时期的宗教意义，后来融进的道德内涵和人文精神，即我们通常所说的“礼”。和世界上许多喜欢玉的民族略有不同的是，中华民族对玉赋予了博大深邃的道德内涵和人文精神，如管子有关玉的“五德”，孔子有关玉的“十一德”，许慎的“四德”等等，这些人为因素逐渐成为玉的所指，成为玉的主要构成和重要衡量。而后，在进入了奴隶、封建社会以后，由于和田玉的崛起、统治阶层对和田玉的追捧，使岫玉不在主流社会和统治阶级的视野之内，但仍旧是中华民族的一般百姓、大多数人所喜爱的玉种之一，更多了一些民间意味和民间的情怀，也与和田玉等玉种一起，载负着中国传统文明。

统治阶级的冷落与歧视，也影响到了岫玉的再创艺术新高的水平和能力。也就是在进入奴隶、封建社会以后，岫玉的艺术性（艺术含量、艺术创造能力）与和田玉相比，并没有更大更好的提高。就是说，岫玉的艺术精品，相对而言要少一些，影响也小一些。一个最突出的问题是，在器形上，很少有引领性的示范意义的更大突破，二是制作工艺相对简单粗糙，不是特别讲求打磨精致。

过去和现在，通行的玉器度量标准是，一是料好，二是工好。料是原石质地，“工”是工艺水平、制作水平。而我自己对“工”的理解，除了琢磨的工艺水平之外，更应该包括艺术水平。我曾在敦煌见过祁连玉（酒泉玉）的一把玉壶，据说是专治寿山石一大师（福建人）制作的，其构思精巧、打磨精致，难以置信。而在岫玉里，从过去到现在，很难见到如此精美的艺术品。比如这座体形较大、玉料上好（很难见到如此清丽、温润、油性好、杂质少的料）的《中华龙》。其构思、创意十分大气畅酣。这是一条雄伟的巨龙，盘踞在一柱华表，动感强烈。略略遗憾的是，如果其打磨再精细一些（特别是在细节、在刀工上），如果构思再放开一些（比如底座，雕琢成宫殿庭院的长方台阶），我相信，这座玉雕就将是一件艺术精品。还再比如，那件被我命名为《呐喊》的岫玉黄白老玉摆件（见本书第106页），我喜欢是因它赋予了玉器的新的内涵，或说在器形上有了突破，但它还是逃脱不掉岫玉的“工”的宿命。

也就是说，在岫玉，过去和现在，我认为“工”是个突出问题。往小里说，是制作工艺不精不细，显得构思、线条（刀工）粗糙、笨滞、呆板；往大里说，是缺乏艺术含量，缺乏艺术性。玉器行业的传统观念——也是中国人的玉观念，一般来说，把玉器视为工艺品，而不是艺术品，这样的观念阻滞了玉器的新的发展。回想起来，古玉的艺术水平高，汉以后就比较一般，至清代，虽有“乾隆工”——那也是在制作工艺水平而很少在造型（器形）艺术上有新的突破。因此，即便是现在被命名的玉雕大师的玉器作品，首先是在料上讲究，再在“工”上讲究，很少在造型艺术上有所突破。而在岫玉，我更盼望和更喜欢的是，两条，一是在造型艺术上有所突破，二是在刀工（制作工艺上）要改变以往粗陋简单的习惯。或者说，岫玉，应该是艺术的创造，艺术的创新，是创造的艺术品而不是工艺品。唯此，才会更好地承载、显示和发扬光大中国传统文化的精神，成就岫玉的新的天地，新的前景。

2008年1月19日星期日

①郭大顺《龙出辽河源》，百花文艺出版社，2001年9月，1版。

笋壶即顺壶

世俗的艺术

中国玉器的发展，从早期的生活与生产的工具到祭天礼地的神器，再到人们的把玩、欣赏的器物，从立意和形态上看，都与人类的生命、生活联系得十分密切、贴切。这主要体现在玉器的世俗化。世俗化也是生活化，是生活里的人把自己的生活意志、愿望和理想、希望，寄托在玉器身上。向来是“冰清玉洁”的高雅、高洁的玉，经过人的琢磨之后，也就成了人间俗物，成为世俗的艺术。

中国的艺术史，绘画、雕刻、音乐……似乎都是这样。它们不是教化人们把眼光把希望寄托在未来、寄托在上天（天堂）那里，而是暗示和引导人们应该如何生活和如何更好地生活。未来也好，上天（天堂）也好，都是为现实、为实际生活服务的。因此，许多人世间美好的话语，比如过年的拜年话语；人世间美好的意象，比如三条腿的金蟾；人世间美好的人物，比如宋以后的玉童子，都在玉器中反反复复地出现，反反复复地被重述，没有谁为此而感到絮叨，也没有谁感到因此而缺乏创新。“岁寒三友”、荷花、竹笋、远离尘器的桃花源般的生活景色……题材的大面积的雷同，一方面说明了玉器的创作思维存在着习惯定势，也说明了这种习惯定势还是受到了社会需要的广泛欢迎，还说明了玉器里的世俗立场、目光、情怀让几乎所有经过琢磨之后的玉器成为世俗生活里必须的和不可或缺的精神需要。

这里绝对没有深刻的批判和自省。没有悲情与激愤。战争、自然的灾难、人与人之间的角力争斗和心灵上的敌意戕害，都与这方神圣不搭界。就像在中国画里，你永远找不到狰狞、苦难一样。

它们远离尘嚣却又极近地贴近生活。

这都和西方的艺术，有着本质上的不同。在西方艺术那里，一是题材选择的广泛性，灾难性的、苦难的、丑的，也都能被纳入艺术表达的视野，批判与反省随处闪现；二是那里的未来、天堂，与人的生活的距离十分贴近又十分地遥远，未来、天堂似乎与世俗生活存在着截然不同的鸿沟与隔阂。

但是，绝不是具有了批判、反省的思想与色彩，就超凡脱世，就不世俗了。世俗意味着平常生活，意味着平常生活里的平常细节、情调，像生活里必须有的水、盐、粮食、蔬菜一样，点点滴滴地，都透露和显示出人间的情怀和生活的温暖。这和平日里我们经常说的“俗”“俗气”“俗不可耐”……有本质的区别。世俗是所有人所能接受的。比如，深山老林里，一溪水旁，一茅草屋前的几畦菜地，有老人，有童子，或戏水抚琴，吟诗作画。既是世外桃源又是人间生活写真。这种题材、情调和手法，在玉器的山子里大量地存在着。最有代表性的，便是清朝乾隆时期的巨大山子《会昌九老图》。

世俗为生活所用。

中国的文学，实际上也是这样一种发展思路及发展策略。小说，刚开始出现只是邻里之间互相传诵的“瞎话”“小人的言论”。后来小说的

碧玉金蟾圆印章

发展，一个分支是把这小人之说凝练起来，用文言文去说，成为书面小说话语，成为寓言故事，集大成者为“聊斋”；另一支则把这小人之说搬到公开场合，在集市上、勾栏瓦舍去说，成为讲话，成为话本小说，“三国”“水浒”便是其代表。无论中国的文学怎么发展，它的着眼点、立场就是说给生活里的人去听、去“阅读”的。因此它必须世俗，必须让世俗能理解能接受。而现代形态的文学里，比如小说、诗歌，实际上是在我们的传统文学之外另起炉灶、另行开张的，它一开始就在探索着新的文学话语形式，距世俗、人间有了距离，且走到至今，似乎更远了，成为或自称为“高雅”、严肃文学了。

中国的传统艺术，包括玉器艺术传统，有一个总的思路、总的线索。这显然和中国人的思维、传统、文化有关。艺术不和世俗联系在一起，会有多长多远的生命力呢？

这对我们当下文艺创作，是不是也有启发呢！

2008年5月18日

三个小故事

平时留心有关收藏的故事。下面这三个故事有点味道，请你们听好了。

第一，1956年著名的吴祖光、新凤霞夫妇政治上出了问题，生活困难，便把家里最值钱的一幅名画卖了。著名的老舍喜欢收藏，在古董店里买了这幅画。后来，吴祖光夫妇回到北京，老舍先生设宴款待他们，并把这幅画送还给他们，分文不取。原来，在买画时，老舍先生从画上看到款识，知道了画的主人。

第二，香港的董桥1986年说："我近日偏偏雅致起来，与闲章、印石、古瓷、书画结缘，很有深味。"接着，他就写了一系列小品，特有情趣，也深谙其道。比如，他的一篇文章题目是《温润是君子的仁》，懂玉的人马上就能明白什么意思，不懂的我说了你也不懂。卖古董的、搞收藏的都应该读读董桥。

第三，央视的《鉴宝》节目里，多次出现了主持人问持宝人这样的问题：宝贝从何来？答：在亲戚朋友家看见的，就喜欢上了，夜不能寐，饭也吃不下，就老去央求人家，最终（有的还花七八年甚至更长的时间）得手。喜欢人家的东西就厚着脸皮去惦记，去巧取豪夺，还好意思说出口。主持人又问：专家给出这么高的评价，高兴吧？——这话问的好弱智，那持宝人已经准备就地打滚了！

篇幅关系，不多说了。上述两则故事，是抄别人的书，另一则是我编的，但都是真的。希望买古董搞收藏的同志们能够对上述故事，认真领会，贯彻落实。谢谢大家。

你信不信

假如有人告诉你，有一家电视台请一位著名的文物鉴定专家去他们的收藏节目做嘉宾，在去之前电视台的人告诉专家，到了节目现场有个东西在估价的时候得说11万，专家看了那件东西顶多值三五万，就拒绝了他们，之后这个专家就不在这家电视台上露面了。这样的故事你信吗？反正我不大信。

假如有人告诉你，一些收藏节目录制的现场，持宝人是组织者找来的演员，宝物是组织者事先安排好的，有些持宝人对收藏根本不懂，纯属背台词，只是靠他们出色的表演蒙骗了电视机前不知情的观众。这样的故事你信吗？反正我不大信。

假如有人告诉你，参加一些收藏节目估价的专家，特别是文物专家，多是从事学术研究的，每天待在博物馆里面对的是国宝，很少接触市场，对文物价值的鉴定很容易脱离市场，特别是把对某一收藏品个体的鉴定结果通过电视镜头“放大”之后，就很容易误导收藏爱好者。这样的话你信吗？反正我不大信。

我当然迷信电视台，迷信专家。只要有收藏类的节目，我一定要老老实实看下去。看的时候我常常想，办这些收藏节目，如果没有那些真的絮絮叨叨的环节，没有那些吁吁叨叨的过程。直接把藏品拿出来，真的就说如何真，假的就说如何假，价格是多少，在哪里能买能卖，好像会更带劲。但我一不是专家，二不是电视台的人，这样的节目我只有看的份，那只好耐心看吧，谁叫咱喜欢收藏呢。

链接：目前电视台收藏类栏目主要有——央视二套《鉴宝》、《艺术品投资》，北京卫视《天下收藏》，凤凰卫视资讯台《投资收藏》，湖南卫视《艺术玩家》，河南卫视《华豫之门》，山东卫视《收藏天下》，天津电视台都市频道《艺品藏拍》，吉林卫视《找你》。

玉不琢，不成器

中国古人很重视学习，因此在古书里有关学习方面的论述很多很多，其中那些精辟凝练的句子，代代学习，代代相传，成为咏诵不绝的名言名句，而广泛流传。

这些有关学习的名言名句，内容涉及到读书学习的所有方面：学习的目的，学习的内容，学习的方法，学习的时间观念，学习的工具等等。其中绝大多数的名言名句，我们应该了解掌握，还要用心记住，背诵下来，并在我们的学习里加以运用。这样对我们的学习，是很有帮助，是大有好处。

“玉不琢，不成器。”这句话最早出自于《礼记 · 学记》，后被辑录在《三字经》里而被广泛吟诵。

这句话的本来意思是：玉石不经过雕琢，就不会成为一件器物或工艺品。人们是用这句话，来比喻学习对人的重大意义：人不经过学习，就不会成为社会上的有用之材。

玉器，像玉手镯、玉项链、玉壶、玉瓶、玉摆件、玉挂件等等，是千百年来中国人喜欢的生活用品和工艺品。玉器在没有被加工之前，叫玉石，像岩石、河卵石一样。玉石被开采、拣拾起来，经过加工，才能成为玉器。这个加工过程就叫琢磨。有价值的玉器是经过琢磨；有用的人材是经过教育和学习，“玉不琢，不成器”，说的就是学习的功能和目的。

学习，就是一个被琢磨的过程。未经学习之前，人，特别是儿童少年，就像是未经琢磨的玉石；要想成为器物，成为人才，成为社会有用之人，就必须经过“琢磨”，即学习。

琢磨，或者说是学习，是一个复杂的工作。玉石在未琢磨之前，需要根据它的形状、质量进行分析和设计，即研究和构思把这块玉料琢磨什么形状的玉器。学习也是如此。必须根据个人的禀赋、性情、爱好来知晓如何学习和学习什么。过去，用“因人施教”“因材施教”来说明这种情况。

这样，才能使学习朝一个正确方向发展，即“成器”。成器就是成材。我小的时候，一学习不好了，爸爸就愤愤地说：“不成器！”当时不知道什么意思，但却知道肯定不是在表扬我——等我大了一些，知道了“玉不琢，不成器”这句话，才知道，爸爸当时真的是恨铁不成钢呵。

《三字经》在说完了“玉不琢，不成器”之后，还接着说：“人不学，不知义。”不经过学习，人就不会成器，也“不知义”。

可见，“成器”的目的在于“知义”。义是道理、规律、义理、道义。进一步说，这个“义”，包括自然的“义”和社会的“义”。自然的“义”是自然规律。比如，我们现在倡导环境保护，是在尊重自然，遵循自然规律，是我们要和自然和平相处，是我们认为人类就是自然的一部分，和所有生活在自然里的生命一样是平等的，而不是自然的主人、统治者。

社会的“义”，是做人做事的办法、道理、规矩。人之所以为人，是因为社会要有许多制约的，这样社会才不能乱，才能正常向前发展。比如，班级、学校、单位、社区、社会要有许多纪律，可以理解为“义”。大家都遵守这些纪律，学习才能正常进行。否则，在学校里就不会学习好，不信你就试试；而在社会里，这个“义”还是做人的基本、根本。

学习，就是让我们知道，怎样与自然相处，怎样与社会相处。

2007年2月8日上午

从左至右：黄白老玉吉祥摆件，花玉摆件，贾翠龙壶

平民的艺术

在杨伯达的《古玉史论》一书里，有这样一句话："东北及东南沿海一带原始部落的先民在与大自然搏斗和生产、生活实践中，可能率先完成了玉石分化（即玉与石头的分别——引者的理解）和玉被认定的过程。"①这样的好话我愿意听，因为我是东北人。东北人的先祖在中华大地上（甚至在国际上），最早把玉做成了生产、生活的工具和艺术品，说明他们的智商高啊。到了咱们这一代的东北人，就是差，能差到哪里呢，基因明摆着在那里。再一个，杨先生这句话提到的玉，主要是岫岩产的。岫岩是辽宁的，辽宁在东北，我一个东北辽宁人，希望杨先生以后多提提这样的事，这样去说东北、辽宁，我高兴。其实，能让我们高兴的是，岫玉在咱们国家玉石领域还是很有地位的：四大玉石之一，占了玉料市场的60%的份额。我还查过有关资料，说岫玉的开采和使用，已经有了一万多年（另说5000—6000年）的历史。不管哪种说法，都是在说明了一种历史事实：在文学艺术还没有诞生之前，在辽宁，就有人搞艺术了。

我之所以把岫玉视为艺术，还是因为杨先生在这本书里说，无论在古时候还是在现在，"玉材主要用于社会的非生产性的文化活动。"这是在说，玉器本身的艺术性和艺术价值。岫玉开采了一万年了，也创造了一万年的岫玉艺术。现在还在开采，还在创造。你说辽宁的哪个文学艺术品种的历史，敢和岫玉叫板呢。

每每到岫岩，我眼里的玉器，便不是值得炫耀的财富（想买也买不起），也不是打人情送的高档礼品（朋友之间的来往除外），而是艺术品。因此我特别欣赏不算高档料的花玉所琢磨的“俏色”摆件。这些摆件，巧妙地利用了玉料本身的材质和色彩，张扬着自己的艺术个性。前几天在岫岩我看见了一批花料“俏色”玉器，几乎是一个摆件一种构思、一个个性，至少我觉得在处理相同题材时各有千秋，情趣盎然。这些玉器，让我看了又看，稀罕得不得了。我不懂玉，只是有点喜欢。因此对于那些好料——河磨老玉、还包括所谓的“180”料所琢磨出来的玉器，觉得它们在高昂着尊贵和沉重，就像我在一些资本家和地主老财的办公室、家里看到的大件玉器一样，有点夸富，还有点俗气。这样的玉器，好像到处都有，好像每个玉器厂都在生产。它们的题材也大都是：白菜、骏马、水果、玉米、貔貅、葫芦、金蟾……它们的名字也让我觉得回到了旧社会，什么“代代升官（或封侯）”“人财两旺”“福窝”“丰收”“秋实”“松鹤延年”……我见过一个摆件，料好，刀工也不孬。当时一激动，要买。但看见了名字“连升三级”，心里不太舒服，你说我都这么大岁数了，还有那个可能吗？把它摆在家里，整天让它提醒我难受呵；朋友和同事看见你家里有这样的东西，会想些什么——都这么大岁数了，还不想学好呵。

还是让我去看看那些“俏色”天成的花料摆件吧。这些玉器，大都价钱不高，但观赏性很强，把玩起来会感觉很舒服，很美，有的可能越看越美——对自己手里的玉器，只要是真心喜欢，不管它的价格高低，时间长了，都会有这样的感觉。这是玉器欣赏的一个规律，就像老话所说的“人养玉，玉养人”。它们是我心目中的艺术品而不是工艺品，它们会让你的眼光长久地驻留。在构图上在刀工上，它们身上具有着东北文化的特点，比如粗犷、大线条、构思简单而大气，但和南方的寿山石、青田石所营造出来的细腻、委婉、精致相比，这些“俏色”玉器，还是显示出独特的艺术个性和地域特色来。

我想，和作为艺术品的书画相比，现在的岫岩玉器，可能更民间一些。但它却不该是民间工艺品，而是艺术，是平民艺术品。

2006年9月16日下午

①杨伯达《古玉史论》，紫禁城出版社，2004年3月，1版，56页。

语言的限度

语言是一种交流工具。它的首要是要让受众明白，否则等于没有交流，或者说是白交流。就像你一人去了埃塞俄比亚，见到的人都不懂汉语。你可嗓子喊，周围的黑人只能大眼瞪小眼，不明白你要说什么，想要干什么。你的话语在那里没反应！语言除了要让受众明白以外，还讲究怎样把“话”说得动听，让受众有耐心、有兴趣把你的“话”听下去。这便关涉到语言的艺术，关涉到语言的美感。

语言有多种样式。文学是一种，电视是，书画是，玉器也是……从理论上说，世间万物都有自己特定的语言系统来与他者进行交流。最近我看了不少玉器方面的书。在漫长的近一万年的时光里，中国人以特有的聪明才智，创造了独有的玉语言系统。这些以料、器形、纹饰等方面构成的玉语言系统，展示出中国独有的玉文化观。没有这样的语言系统，你就无法感知玉的美感。这些书，现在在比较大一点的书店的书架上还有，不信你去看看。大都是号称玉器专家（有的还是大家）所编著的。我承认玉的语言是一种很专业性的语言，就像文学、绘画、舞蹈的语言一样，得经过一定的专业训练，才有可能熟悉和使用。但从另一个角度来说，玉的语言和文学、绘画、舞蹈的语言一样，必须面对更多的受众，让更多的人理解和接受。我购买的上百本有关玉方面的书，都不是那种专业性很强的论著、论文，而是玉的常识、知识的普及读物。读过之后却常常不明不白。你写的东西别人看了一头雾水，你想干什么呀？光想着赚稿费吗？我不承认我天生愚钝，不会看书。别说你这些书，就是中医学——包括什么《濒湖脉学》，也包括阴阳五行、望闻切问，我也曾读过而且也读懂过。我有点抬杠了。我这人有时说话好激动：你读完这些书，分清什么是和田玉、新疆玉、昆仑玉、青海玉、岫玉、独山玉、俄罗斯玉、阿富汗玉……我可就服你了；你要是能分清什么是白玉、墨玉、碧玉、青玉、青白玉、黄玉……我可就要服你两次了；你要是能从中读到而且明白各个时期的器形、纹饰、沁色、鸡骨白、包浆……那我就更服你了，服你无数次了。一朋友让我推荐一本能让他看了就明白的玉书。可惜这上百本的书里，我绝对挑不出一本。所以，谁要是能推荐一本这样的好书，我就更加服你了。

可能有人说，有关玉的专业知识，也就能写到这种程度，明白不明白，全靠个人的悟性。上百本的书都把玉的知识弄个东西不分，悟性再好，也好不到哪里。你说舞蹈的专业性强不强？当下舞台上、电视上大量出现的当红歌星、影星演出时的歌伴舞，使舞蹈成为了流行文化之中的重要元素。但是究竟有多少人真正理解这种语言，我说不好。也可能大家都不熟悉这种语言，你就可以瞎蹦达而别人也看不出来。最近这几个周五的晚上，东方卫视有一档节目——《舞林大会》，把文体界当红或退役的明星组织起来，PK一把舞技。这些明星基本上都是业余水平，有的比业余还业余，跳起来大都笨手笨脚。多亏他们的舞伴绝对专业，评委点评与评分也绝对专业，才没让他们把好好的舞蹈艺术给糟蹋了。这档节目之所以能让人看下去，我总结是，东方卫视智慧地利用了现代艺术表现手段，并利用明星们的影响，丰富和强化了舞蹈语言的大众亲和力，即把极专业的舞蹈语言变成一种可以接受并且让人感到美、感到有意思的语言。那些明星在舞蹈表演中的磕磕绊绊，与专业评委的专业点评及舞伴的专业伴舞形成了一个巨大的反差。这种反差形成的巨大缝隙就是娱乐，就是好玩。

但如果那些一堆堆让人一头雾水的玉书也把娱乐性作为玉语言的首选，这和《舞林大会》中明星们对舞蹈艺术的解构也就没什么区别了。你是玉方面的行家、专家，我承认；但你千万别把自己弄得连玉的常识和玉的艺术都不明白了，你都不明白，我们读者怎么能明白呢。

2006年10月29日傍晚

黄龙玉籽料

玉器常识

玉器从古到今，上至达官贵族，下至平民百姓，都十分喜爱。它是中国历史上具有一定商品属性、价值的精神文化产品。无数的诗文里都提到玉，例如，诗经《诗·卫风·木瓜》云："投我以木瓜，报之以琼琚。"琼，即美玉。《玉台新咏·古诗为焦仲卿妻作》（又名《孔雀东南飞》）："腰若流纨素，耳著明月珰。"珰，玉制的耳饰。清朝的乾隆有诗云，"知其是玉疑非玉，谓此非真孰为真"。曾国藩家贴了一副对联，"磊落光明其人如玉，慈祥岂弟与物皆春。"还有许多关系玉的成语，都表现美好的事物和品质：冰肌玉骨、冰清玉洁、堆金积玉、粉妆玉琢、金玉良言、金童玉女等。无数的玉器被代代相传，成为"传家宝"，有的也成为"国宝"。《西厢记》中崔莺莺送给张生的就是传家宝：白玉盅。中国人使用玉器，差不多有近万年的历史。别的民族、别的国家都没有这样。世界历史上，唯有中国人、中华民族，始终保持着对"玉"的热情，并且，唯中国、中华民族才有玉的文化。

玉在中国人的物质与精神生活里，实在太重要了。

左为树化石，右为树化玉

先看一下什么是玉

汉代许慎在中国的第一部统编字典《说文解字》里说："玉，石之美者，有五德，润泽以温，仁之方也。"美，是好看好玩的东西。好看，是从形状（比如圆形、山形、艺术造型等）、色彩、纹理去看的，给我们以感官上的审美愉悦；好玩，更多的是作用在我们的心灵，让心灵放松和舒服。好玩也是"把玩"——但我认为，把玩是一种歧视的视角和立场，即把玉视为玩物，有亵玩、轻蔑的感觉，故不用"把玩"一词为好。一块玉，无论是玉料还是成品，放在手里，只要反复欣赏，每一次都会有新的发现，新的惊喜。不信，你试试。"五德"，指玉的文化价值和文化内涵，给人的精神享受。儒家有"君子比德于玉"的说法，还有"君子无故，玉不去身"等说法，就是因为玉里有"五德"："仁、义、智、勇、洁"，即坚韧的质地、晶莹的色泽、绚丽的色彩、致密而透明的纹理、清脆而悦耳的声音。孔子将这"五德"扩大为"十一德"："仁、义、礼、知、信、乐、忠、天、地、道、德"，都是比较抽象的说法，是比喻、暗喻和象征。例如，一般的石材比较干；而润，就成为权衡是否是"玉"、是否是"好玉"的经常使用标准。如，和田的白玉籽料，必须是润的，像羊的板油一样，不太白（有时略黄），油汪汪水汪汪的。至于"润"，到底是什么样子？什么程度？差不多是凭个人的感觉、个人的经验

左为岫玉贾翠素活
右为贾翠原石

了。再例如，“硬度”的硬，简单说，能把玻璃划出痕迹，或用利器在玉器上划不出痕迹，就可以判断出是不是玉。但有的硬度低的玉料，比如，岫岩的花玉等，硬度偏软，没有玻璃的硬度高，就不能遵循这个规律。如果拿钉子去划巴林石、青田石、寿山石等名石，则都会划出白白的痕迹来。这时就可以把石料统统排在“玉”的行列之外了。硬度、润度，都是鉴别玉的相对标准，经常是个人经验和感觉。国外一项研究说，石头（包括玉），是有生命的，是有呼吸的，是可以行走的。作为一种生命体存在，与人的生命相辅相成，相得益彰。中国是个文明古国，有悠久的玉文化历史，才有了“玉在山而草木润，渊生珠而崖不枯”（荀子语）；“玉容寂寞泪阑干，梨花一枝春带雨”（白居易《长恨歌》）；“钟鼓馔玉何足贵，但愿长醉不愿醒”（李白《将进酒》）……说明玉和人的生活、与人的生命息息相关。还有许多以玉直接描写美女的例子也可以说明这样的情形。总之，玉是美丽的石头，有精神（价值）、有感情的生命形态，是上天赐予我们的生命最好礼物。

第二个问题：什么是四大名玉

中国人喜欢用“四”这个数字归纳事物，如四大美人、四大发明、四大喜、四大国石、四大名玉。但哪四种是四大名玉？据说玉有200多种。但在过去，只有几种才能进入到所谓“玉”的行列里，为我们使用，被我们喜爱。或者说，只有为数不多的玉的品种，才比较名贵。一般以为，四大名玉为和田玉、岫岩玉、酒泉玉、蓝田玉；也有将南阳玉、绿松石列入其中。岫岩玉即距我们大连才几百里的岫岩县产的各种玉，如岫玉、“180”料岫玉、花玉、河磨——鹅卵石、黄白老玉等，还有色泽如瓷的瓷白——属于花玉，有贾翠（甲翠）——假的翡翠等等。还有老玉、新山玉等等说法。酒泉玉，也叫祈连玉，传说的夜光杯的原料，产于祈连山一带。南阳玉有酱色、水白、天蓝等等，产于河南南阳。蓝田玉，据说和氏璧的料。还有许多。最近被称为和田玉的，许多是俄料、青海玉、韩料。另外还有加拿大碧玉、巴西或乌拉圭玛瑙，还有河南玉（不是南阳玉）、桓仁岫玉（一说东北玉）、辽阳七彩玉（是玉吗？）。最近在辽阳、大石桥一带，据说发现了黄白老玉，品质我看比岫岩的要好；岫岩的黄白老玉，品质其实比和田的黄玉要好，更油性（即润），色泽更纯正，只是没有和田黄玉的名气大。瓦房店老帽山地区也出了一种墨绿色的“岫玉”，但没有专门即专业认证。光是中国，究竟有多少玉种，是难以说清楚的。比如黄龙玉，过去就叫黄腊石，出产于云南，主要流行于广西、云南，现在也被炒成玉了，价格超高。还比如，新疆的克拉玛依的戈壁上，有一种石头，一般叫克拉玛依石，还叫雅丹石，还叫戈壁玉，还叫克拉玛依金丝玉。再比如，在辽宁锦州的黑山县，产有黑山玛瑙，据说自明代即兴，并称之为“琼玉”。现在市场上比较常见的玉种有：和田玉、岫岩玉、酒泉玉、南阳玉、绿松石、俄料、青海玉、韩料、加拿大碧玉、巴西或乌拉圭玛瑙。岫玉主要有透闪石质玉（老玉、河磨玉、石包玉）、蛇纹石质玉（岫玉、花玉、黄玉等）和透闪石质玉与蛇纹石质玉

南阳玉原石

左边两图为酒泉玉玉壶，右图为酒泉玉玉料

混合体（甲翠，或称贾翠、假翠）三大类。岫岩透闪石质玉产于偏岭镇细玉沟，其中“河磨玉”是一种比较名贵的璞玉。岫玉里的一种亦称新山玉，是由纤维蛇纹石和叶蛇纹石为主组成的致密块体，其颜色不下十余种，透明度较高，颜色鲜艳。岫岩甲翠质地细腻，白绿相间，清新明快，艳如翡翠。据介绍，国内主要的岫玉品种,有十几种。辽宁岫岩县是我国岫玉的主要产地。我们所说的玉都叫“软玉”，硬度不太高的玉种，以和田玉为代表。但也有人说，“软玉”即和田玉，以此来界定、限定“和田玉”，这是没有道理的。相对“软玉”，就有“硬玉”，公认的只有一种叫“翡翠”，是我们邻国缅甸所产，世界上唯一的。但这概念今天也有点问题了。比如，我见过翠绿色的日本玉，很有翡翠的味道。好像国内什么地方，也发现了“翡翠”，和缅甸出产的翡翠差不多。“软玉”这里，通常也有蛇纹石、透闪石的说法。蛇纹石通透，透闪石半透明或不透明，品质相对好一些。前者多“跑水”，多色，甚至风化，比如岫玉，蛇纹石一类的，使用了万年，今天古玩界少见，我的推测是：第一，被人碎成粉末，炼丹了，吃了；第二，风化了，成了尘土。本节我要说一个重要问题，和我们平常用玉有关。在玉的国家标准里有重要一条：玉不以产地命名。不以产地命名是与我们的用玉习惯、习俗和传统是相悖的。比如，我们习惯这样的说法：在和田地区出产的玉叫和田玉，在岫岩县出产的叫岫玉……而这“国标”的意思是，与和田地区出产的玉具有相同物理成分的玉都是和田玉，于是，在俄国贝加尔地区、在韩国青川地区、在青海……

出来的玉，由于与和田产的玉物理成分大致相同，也就都称为和田玉。这样大家就清楚了，为什么和田玉一直嚷嚷资源枯竭，因此价格暴涨，而另一方面满市场全是和田玉。还有岫玉，按“国标”，在广东产的“信阳玉”，在桓仁产的“东北玉”，在酒泉产的“酒泉玉”，因其蛇纹的特质，都称为“岫玉”。玉的命名，概念的混乱，源于何处不说自明了。这个后果非常严重，不法商家以俄料、韩料或别的什么玉料，来命名为和田玉，以这些玉料混同于和田地区产生的玉料的价格，坑害了买家，却没有错误。因为，他是依据“法规”的，完全合法的。例如，电视直销里的各种手镯、玉牌等挂件或把件，甚至摆件，都说是“和田玉”，价格却低廉得很，而且有堂堂正正的鉴定证书，原因便是“国标”为它们提供了合法的保护伞：人家可是依法经商呀。

第三个问题：玉器的分类

就现在市场上的玉器产品，或者从购买者角度及用途上看（即你买的玉器回去做什么用），玉器可以此分成这样的几种。一是佩戴的佩件，包括挂件，戴在手腕上（有人称之为“腕上风情”）、脚踝、胸前、耳垂儿。像扳指（现在功能为把件，过去则是佩件）、戒指、手串、胸牌（过去多佩戴，现在则多为赏玩）、耳坠、平安扣、皮带扣……都可以说是佩件，多为体积小的玉器。过去说“玉不离身”，主要是指佩件，有时也指把件。二是把件。把，是把玩，是坐在电视前，手里放着的玉器；或喝茶时甚至睡觉时握在手里的玉器。大都体积为拳头大小，有着吉祥如意等祈福的造型，如貔貅、花生、葫芦、蝙蝠、如意、铜钱、四季豆、人参花……这类玉器，造型多为圆雕刀工。没有太多的“沟”

上图为火石青成品
下图为岫玉火石青原石

玛瑙摆件《谁之罪》

“坎”，线条柔和，过渡圆滑，一般不出现锋利的边缘，以避免伤了“把”者的皮肤。为的是“人养玉”和“玉养人”。这样的把件，不沉，好拿，拿起来温润可心，心里舒服，手感也好；又有美好的祈祷和祝福的主题。传说，玉，能把人的心情、祝福滋润其中，反之亦然。三是摆件。即摆设在家里、办公室、会议室、大堂、客厅里的艺术品。过去如盆、炉、瓶、香熏、宗教人物、传说故事等，涉及人类生活的几乎无所不有。现代玉器在传统题材之外，增加了许多品类，如翡翠的“红军系列”等革命题材：一个镶嵌着红五星的红军帽子、草鞋、军用水壶，还有人物；如现在的村干部形象；如赵本山等戏剧小品人物形象等等。无论购买哪种类型的玉器，都涉及到一个问题，在实用性的基础上更应该看重其中的艺术价值。玉器的制作，历史上属于手工艺范畴，和铁匠、鞋匠、木匠一样。解放后，提升了一格，是工艺美术，偏重于工艺制作，而不是美学和艺术。最近似乎还有点提升，比如叫非物质文化遗产，例如，岫玉里的素活，有的人就是用贾翠去做那些炉、瓶、壶之类，工艺考究，制作精美，一看就具有艺术精神。因此，我强调的是，排除其他因素，选择玉器时，除了考虑玉器本身的料质水平、制作水平（包括造型水平、刀工）之外，还应该考虑它的艺术价值，如此，才能保值、增值，才会使你室内、厅堂因有了玉摆件，更有艺术氛围，因此提升了家居或工作场所的艺术品位。比如，上图的玛瑙摆件《谁之罪》，做成了一个没有头的古玩，没有多少艺术感觉，一般人，都会认为，摆在室内不吉祥又不美观。还有，玉器的小件，非得要挑出个艺术高下，似乎没有必要了。平安扣，很小的器物。首先要看料的好坏，看制作水平，就能判断其高下，如此即可。平安扣是两个圆，外圈和内圈，中空为圆心，现在都是机器加工，工艺没有问题。传统的说法，两圆分别代表着天地宇宙（大宇宙）和人的内心（小宇宙），体现了天人合一，是中华文化的价值追求。知道这些就足够了，佩戴起来心里更踏实了。

最后一个问题：如何购买玉器

我可以给现在的玉器市场一个整体判断：十分混乱，真假难辨，价格虚高。古玩市场里、正经店铺里均如此。假料：常见的假料是树脂，或用加工玉器剩下的边角余料碾成玉粉合成的玉料，也有用墨绿色的啤酒瓶子碾成粉末，用于加工成碧玉手串、平安扣、小挂件、小摆件，甚至其他大的玉件。成本低廉，获利极高。这是一假。二假是，把山料碎块放在机器里滚磨，磨圆后，用化学药水（或染料）浸泡，成为和田籽料，行内称之为滚料。也有些山料，放入药水浸泡，制成假皮子，经常能闻到刺鼻的药味。岫岩就有厂子，制作假皮子——给山料“穿上”皮子，成为河磨玉。也有的在鹅卵石上钻一孔，塞进一点玉，再焊上假皮子，以此来冒充河磨玉。三假是，低仿古玩。一看就是假的。这假可能是料假，也可能是料真形假，还有假皮壳（做包浆）——人为地做出了生硬的厚厚的皮壳。还有一类玉器，高仿，玉料是真的，形也真的，依靠原件仿制。如辽宁博物馆以前就制作一批玉猪龙。这类东西，如果喜欢的话，如果价格合理的话，可以购置。因此，购买玉器的步骤必须坚持如下几条：首先，要判断玉料的真伪，是真的还是造假的。如果上手很轻，轻轻磕碰声音沉闷，可能是树脂一类；如果见到玉料里有气泡，可能是玻

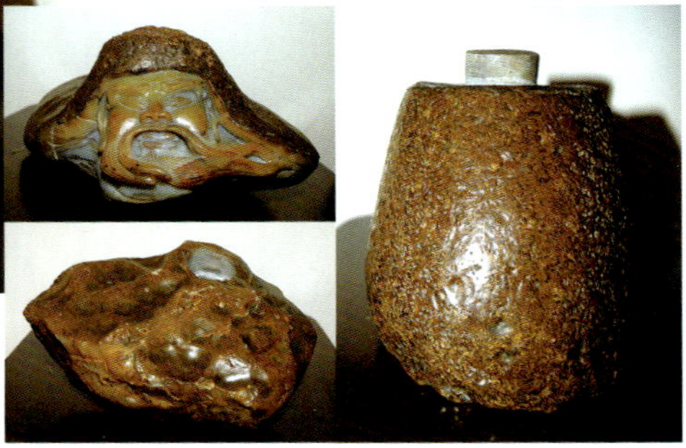

巴西水磨玛瑙《东北汉子》

璃；如果出现锐器划痕，则玉料硬度不够，有可能是石头；如果闻起来有刺鼻味，就可能用化学药水浸过。如果看其色彩，特别是绿色过分浓艳，且价格不高，则可能是马来玉、东陵石、翡翠B货。但玛瑙行业里，玛瑙可以染色，我们见到的玛瑙件，很多的都是经过人工染色。而玉件（包括翡翠），一般来说是不可后天染色的。这都是玉行业里的习俗、行规。其次，要权衡、判断玉器的艺术水平，艺术价值。我认为这是判断一件玉器是不是值得收藏的最重要前提。上图是巴西水磨玛瑙作品，两部分构成，上部分一块，扁平的，主体是一大帽子，人脸，有胡子；下部分是一圆柱，承接上面大帽子。一看就是一位东北汉子的写真：气势生动，构思大气，唯有一裂纹，横贯在帽子上。但我也买了。这玉器到现在只此一件，是艺术品。但是，应该说，我们现在的玉行业里，普遍是大路货，玉白菜（百财）、貔貅之类的传统题材，而真正的艺术品，少之又少。愈来愈缺乏艺术想象力的玉器制作及其市场，使我们在选择时不能不小心翼翼。现在的玉器制作，很少有创新，谈何艺术！

2012年8月18日

图书在版编目（CIP）数据

喜欢玉一定喜欢阳光 / 王晓峰著. — 大连:大连出版社，2013.5
ISBN 978-7-5505-0457-8

Ⅰ. ①喜… Ⅱ. ①王… Ⅲ. ①散文集—中国—当代②随笔—作品集—中国—当代 Ⅳ. ①I267

中国版本图书馆CIP数据核字(2013)第071580号

出 版 人：刘明辉
责任编辑：于凤英 卢 锋
封面设计：盛 泉
责任校对：张 岚
责任印制：阎 骋

出版发行者：大连出版社
地址：大连市西岗区长白街10号
邮编：116011
电话：0411-83620245
传真：0411-83610391
http：//www.dlmpm.com
印 刷 者：大连日升印刷有限公司
经 销 者：各地新华书店

幅面尺寸：142mm×210mm
印 张：6.5
字 数：180千字
出版时间：2013年5月第1版
印刷时间：2013年5月第1次印刷
书 号：ISBN 978-7-5505-0457-8
定 价：39.80元